氷川先生はオタク彼氏がほしい。2時間目

篠宮 夕

ファンタジア文庫

2939

口絵・本文イラスト　西沢5ミリ

氷川先生はオタク彼氏がほしい。
勉強お疲れさま。
この後は――どうする？
2時間目
氷川真白
MASHIRO HIKAWA
学校では“雪姫”と生徒から恐れられる鬼教師。裏の顔はポンコツオタクなお姉さん。生徒の拓也とこっそりお付き合い中♥
schedule
氷川先生と同棲!?

私にあ～んされるの、
嫌かな……？
schedule
氷川先生の
看病タイム

schedule
氷川先生と
ゲームタイム
霧島くん強すぎィ!?
(ううう……)
霧島拓也
TAKUYA KIRISHIMA……!!
オタクな男子高校生。自身の不良っぽい見た目に悩み気味。正体を知らず氷川先生と付き合い始める

schedule
氷川先生と
お風呂
入浴剤、
どっちがいい？

「夏希さん」なんて他人行儀すぎない？

夏希でいいよ、夏希で。

もしくは、陽菜でもいいけど？

夏希陽菜
HINA NATSUKI !!

拓也の同級生。天真爛漫な性格でクラスの中心的存在だが、何やら秘密があるようで──？

拓也さん、私のことを女の子って意識してるんじゃないですかー。

可愛いですねー★

小桜木乃葉
KONOHA KOZAKURA !!

からかい上手な拓也の幼馴染みの後輩。頻繁に家に上がり込んでこようとする、要注意人物（拓也談）

真白、お前面倒臭すぎるだろ
神坂紗矢
SAYA KANZAKA---------- !!
同人作家。見た目は中学生のようだが、実は女子力高めな大人の女性。氷川先生の親友

OTAKARE
!! --- PLEASE --- !!
2時間目
教師と生徒の同棲、
ダメ絶対！
はい、皆さんいいですか？　ここ、テストに出ます。
生徒との恋愛がダメなら同棲もダメということは、
賢い皆さんなら当然理解していますよね？
……え、私ですか？
も、もちろん、ええ、そんなこと有り得ません。
生徒の彼氏と同棲して、
彼の可愛い寝顔をこっそり見たり、
お家で一緒に楽しくゲームをしたりなんて
絶対にしてませんから。
……ほ、本当ですからねっ！

氷川先生はオタク彼氏がほしい。
OTAKARE
!! --- PLEASE --- !!
2時間目
MON
1
国語
2
世界史
3
数学
4
古典
5
6

プロローグ

俺、霧島拓也が通う慶花高校には生徒に恐れられている教師がいる――

まあ、よくある話だ。

学校一、厳しい鬼教師。俺たち高校生が緩みがちになってしまう面倒な校則や規則に基づいて、口うるさく言ってくる嫌われ役。そんな存在は、どこの学校にも一人や二人はいるものだと思う。

しかし、だからといって自分が怒られるのは絶対に慣れないけど。

「霧島くん、五分遅刻です」

教壇の上から、静かに冷たい声音でそう指摘したのは一人の女性教師だった。

一つにまとめられた黒髪。黒縁の眼鏡。

そんな生真面目さを体現したようなその姿は厳格そうな印象を与え、鋭い眼光は見た者を容赦なく凍りつかせる。他の教師たちはカジュアルな格好をすることもあるなかで、一貫してスーツ姿を貫くその姿勢もお堅いイメージを抱かせる。顔立ちは間違いなく美人なのだが、穏やかに笑うことなどはこれっぽちも想像できない鉄仮面だ。

通称――〈雪姫〉。

氷のように冷たく、誰も寄せ付けない女性教師。

少なくとも、この慶花高校では彼女はそう認識されている。

「時間を守る、ということは人として最低限のことです。それさえできないものは、信用に値するとは思われません。この社会では、それは大きなマイナスです」

こつこつと靴音を響かせながら、氷川先生は教壇の上を歩く。

その立ち振る舞いは、この場における絶対的な支配者だ。

正直、怖くてたまらない。

これまで遅刻はしないように気をつけてたのに。いくら勉強を夜遅くまでやっていたとしても、なんで寝坊なんてしちゃったんだよ……

「二度とこのようなことがないように気をつけてください。それと、霧島くん。あなたは何故遅刻したのか原因分析を行い、その改善策を提出してください」

そう言い放って、氷川先生は警告するように教室全体を見回した。

そうして、彼女は一際凍てついた視線とともにこの場を締めくくる。

「皆さんも気をつけてください。人として当たり前のことができないようでは、これから大変ですから」

それは、一分の隙もない『大人』の姿だった。

欠点など持ち合わせず、正しいことを淡々と行う完璧主義者。

それこそが、この〈雪姫〉と呼ばれる女性教師の本質だった。


……なんて思ってた時期も、俺にもあったよね。


「あの、氷川先生？　あんまり言いたくないんですけど……人として当たり前のことができないようじゃ、これから大変ですよ？」

「ううっ、ごめんなさい……」

放課後。氷川先生の自宅。

俺は、床に正座してしょんぼりしている氷川先生を見下ろしながら言った。

そこには、昼間、鬼教師を演じていた姿はない。それどころか、今でこそ慣れつつはあるけども、本当に同一人物かと疑うほど教師モードのときとは乖離している。

氷川先生は教師モードのときとは違って、眼鏡を外し、髪も下ろしていた。

それ故か、その相貌から受ける印象は学校にいるときと比べてずっと幼い。正直、俺の一つか二つ上の先輩とすら言われても、信じてしまいそうだ。

今日、俺は氷川先生の家に掃除のお手伝いをしにきていた。

何でも、次の休日には、氷川先生の女友達——紗矢さんが自宅に遊びに来るらしい。

昨日、電話越しにそれを聞いたときに、思わず「部屋、大丈夫なんですか？」などと言ってしまって。それに対して、氷川先生が「も、もちろん！　最近はちゃんと掃除してるんだから！　あっ、う、疑ってるでしょ？　それなら、明日ちゃんと見に来て！」と自信満々に宣言したから様子を見に来たのだけど。

全然、ダメじゃん。なんで見栄を張ったんだよ、先生……。

部屋の中なんて、台風が突っ込んできたかと思うほど荒れてるし。

一応、部屋の要所で片付けをしようとした努力は見受けられるんだけど、何故か部屋の惨状に拍車をかけてしまっている。ある意味、特異な才能を持っているとしか思えない。

「あの……俺の記憶に間違いがなければ、氷川先生、昨日は更に掃除するって言ってませんでしたっけ？」

「し、したよ！　しました！」

俺の言葉に、わたわたと手を動かして主張する氷川先生。

「で、でもね？　……その、本棚を整理してたら、高校生ぐらいに大好きだったラノベが出てきてね。それで、あー懐かしいなーって思ってたら……」

「夢中になって掃除そっちのけで読んでたと？」

「うん、そうなの……」

頷いて、がっくりと肩を落とす氷川先生。

ヤバい、凄くわかる。あるある。掃除してたら、昔好きだった本とか漫画とかが発掘されて、ついつい読んじゃうこととか。しかも、そういうときに読むのって、何故か超楽しいんだよなぁ。

「……だ、ダメダメな大人でごめんね？」

おずおずと顔を上げながら、様子を窺ってくる氷川先生。

……うっ、可愛い。そんな顔をされてしまえば、喉元まで出かかっていた言葉は全て霧散してしまうどころか、何でも許せてしまう。

ったく、仕方ない。

先生の役に立てるのは、満更でもないし——いっちょ、やるか！

「わかりました、氷川先生。じゃあ、俺も手伝うんで一緒に掃除頑張りましょう」

「え？　い、いいの……？」

「はい。紗矢さんが来るまで日にちもそう大してありませんし。それに——」

「それに——彼女が困っているときに助けるのは、彼氏の役目ですから」


その言葉に、氷川先生は目を細めて嬉しそうに口元を綻ばせた。

それから、ぽんと胸を叩きながら笑顔で付け加えてくる。

「うん、ありがと……じゃ、じゃあ、霧島くんが今度困ってるときには、彼女の私が助けてあげるね！　霧島くんが部屋の掃除をできないときとか、代わりにしてあげるから！」

「あ、それは遠慮しておきます」

「どういう意味⁉」


まあ、ここまで読んでもらえばわかったかもしれないけど——

霧島拓也／高校二年生。

氷川真白／教師。

俺たち、世間に秘密で付き合っています。

第一章

高校一年生の春休み――俺は、一人の少女と出会った。

そのときにちょっと助けたことから、連絡先を交換して。それからちょっとずつ仲良くなって、デートまでして。ひょんなキッカケから思わず告白までしてしまった。

それだけではなく、そのときは告白も受け入れてもらったのだが――

なんと、その女の子は学校で恐れられてる鬼教師だったのだ！

いや、何を言ってるかわからないかもしれないが、全て事実である。

しかし、

――じゃ、霧島くんが責任を取ってくれるの？

こんなキツい、されど、どうしようもない正論をぶつけられて一度は別れを告げられてしまった。

それからは、まあ、色々とあったりしたが、周囲の人たちに恵まれた結果、俺たちは再び付き合っている。これがどうしようもなくダメで、世間に顔向けできない秘密の関係であることを理解しながら。

それぐらい、氷川先生のことが好きだったから。

そうして時は流れ、現在は五月下旬。

夜も更けてきた時間帯に、俺と氷川先生は一緒にゲームをしていた。

『行け行け行け！　霧島くん、今だよ！　私が仕掛けた罠にモンスターがハマったから、今のうちに総攻撃！』

「はい、先生！」

竜型のモンスターが落とし穴にハマって、バタバタともがき苦しんでいる。

その間に、俺と氷川先生はキャラを操り武器を叩き込む。

そうしていると、画面ではモンスターがぐったりしてファンファーレが鳴り響いた。

『やった、霧島くんっ。これでやっと防具が作れそうっ。夜遅くなのに、こんなに何回もありがとね？』

「いいえ、大丈夫です。俺もこいつの素材が欲しかったところなんで」

言いながら、俺は何気なく周囲を見回す。

だが、隣には誰もいなかった。

それも当然だ。何故なら、氷川先生はパソコンの向こうにいるのだから。

そう。現在、俺たちはビデオ通話アプリを繋げたままお互いの家でゲームをしているのだ。

俺たちは、生徒と教師という関係だ。

だからこそ、おいそれと普通のデートをすることはできない。

最初、氷川先生はそれを嫌がった。俺には普通のデートをさせてあげたいと、教師と付き合わせてしまっているからこそ、普通にさせてあげたいと言っていた。

でも、今では、俺たちは普通なんかじゃなくていいと思っている。

だって、俺たちはオタクで。外に出かける普通のデートなんかよりも、家の中でゲームをする方が好きだったりするのだから。もちろん、全員が全員そうだなんて言うつもりはないが、幸いにも俺たちは生粋のインドア系のオタクだ。苦ではない。

というわけで、俺と氷川先生はこうしてお互いの家でゲームをするデートなんかが多くなってきていた。まあ、それだけじゃ寂しかったりするから、時々、氷川先生の家に行ったりはするんだけど。

そうして、一緒にゲームで散々遊んだ後。

「ふぁっ……」

俺が欠伸をすると、通話アプリを通してそれを見ていたのか、氷川先生は苦笑した。

『ふふっ、眠そうだね、霧島くん。……じゃ、そろそろ寝よっか？』

「え？　も、もうですか？　俺のことなら大丈夫ですよ？　今はちょっと油断してただけで、全然眠くないんで――」

『だーめ。君も明日学校があるんだし、もうこの辺にしとこ？　私も明日は朝早いし』

俺のことはどうでもいいが、先生の都合を考慮すれば無理を言うこともできない。

じゃあ、今日はこれでお開きで……そんな空気になって、どっちが先に通話アプリを切るか探り合いをしていると。

「っ」

不意に、通話アプリ越しに視線があった。

今までゲームに熱中していたからか、氷川先生をしっかりと真正面から見つめたのはこの瞬間が今日初めてかもしれなかった。

お風呂上がりの艶やかな黒髪。着心地が良さそうなルームウェアを纏うその姿は、何だか秘密の一面を見ているようだ。

氷川先生は恥ずかしそうに顔をちょっぴり俯かせながら。

『あ、あの……霧島くん、あんまりマジマジと見ないで……その、すっぴんだし』

「す、すみませんっ」

『あっ。い、いいんだけどねっ。君が謝るほどのことじゃないんだけどねっ。た、ただ、ちょっと恥ずかしかったり、普段と全然違うなって思われちゃうのが嫌なだけで……』

「え？　全然違うとは思いませんよ？　そりゃ、お化粧してる時の方がより素敵に思いますけど……今も、その、凄く可愛いですし」

『か、可愛いって……き、君ってばもうっ』

ちょっぴり頬を膨らませながらも、満更でもなさそうな氷川先生。

そんな様子も、もちろん可愛いに決まっていて。

『じゃ、霧島くんもう終わりにしよっか。……おやすみ？』

「はい。おやすみなさい、氷川先生」

氷川先生に合わせて、俺は挨拶する。

その直後。

パソコンの向こうから、氷川先生は上気した頬とともに甘い声で囁くように。

『霧島くん、好きだよ』

「え？」

『じゃ、お、おやすみっ』

ぶつっ。

その唐突に放たれた言葉を脳が処理し終えたときには、既に通話アプリの接続は切れていた。

遅れて、徐々に身体の隅々までその台詞が浸透していって――

「～～～～～っ」

あと数十分で日付が変わりそうな時間帯に、俺は自宅で一人で悶える。

氷川先生と付き合い始めてから一ヶ月ちょっと。

俺は怖いくらいに幸せだった。


そして、そのおかげか勉強も捗るようになっていた。

「ふぁ……もう、こんな時間か」

朝焼けが窓から窺えるようになった頃。

氷川先生とのゲームが終わった後、俺は一人で勉強をしていた。

肩を回すと、ボキボキと音が鳴る。どうやら、長時間勉強したせいで身体が凝り固まっているようだ。

ここ数週間、俺はこうして勉強をすることが多くなってきていた。

といっても、決して俺が勤勉ってわけではない。

むしろ、その逆。俺の成績は下から数えたほうが早いっていうか、ぶっちゃけ最下位ぐらいだと思う。それもこれも、これまで勉強をサボってきたせいだ。

人間には出来ることと出来ないことがある。

個体差がある以上、どうしても届かない領域というものがある。

とするならば、明らかに自分には無理だと感じている分野に、時間を注ぐのは不毛だ。早々に諦めた方がいい。だから、これまで俺は勉強に時間を使っていなかった。

だけれど、そうも言っていられない事情ができてしまった。

何故なら、氷川先生と付き合うことになってしまったからだ。

彼女が教師ということは、俺が勉強できないということが全て知られてしまっているということ。別に、付き合うときには勉強ができないことは知られていたのだから、それが理由でフラれるってことはないだろうが……それでも、氷川先生に格好悪いところは見られたくない。

端的に言えば——格好つけたいんだ。

あまりにも俗っぽい、しょうもない理由。

それでも、さっき言った『勉強を諦める理屈』よりも、俺にとって大事な理屈であることは確かだ。

それに、

「……来月は、中間テストがあるから頑張らないとな」

中間テストは、氷川先生にここ最近の努力の結果を見せるには絶好の機会だ。

それをみすみす見逃す手はないだろう。

何としてでも、良い結果を残さないと。

「よしっ、もう少し頑張るか！」

あんまり寝てないけど――まあ、大丈夫だろ！

そう決めて、俺は再び机に向かう。

そうして、俺は何もかも上手く行っていたような気がした。

このときまで、は。

「拓也、このままだとまた留年の可能性があるぞ」

「…………はい？」

早朝の職員室。

俺は、イケメン数学教師――篠原涼真から有り得ないことを言われた。

朝の職員室では、HR前だからか、先生たちが慌ただしく駆け回っていた。

視界の端では、氷川先生も忙しそうにパソコンに向き合ってキーボードを叩いている。

「えーっと……留年って冗談だよな？」

周囲の先生方の注意が自分に向いていないことを確認しながら、俺は、篠原先生——涼真にそう話しかけた。

涼真は、俺が中学生のときの家庭教師だ。

が、それだけではなく——何の偶然か、俺が慶花高校に入学してみたら、涼真も働いていたのだ。以来、中学の頃と変わらず、涼真に面倒を見られたりしてるんだけど……

りゅ、留年って冗談だろ？

俺、前よりも頑張ってるんだぞ？　なんでそんな話になるんだよ？

「ちょ、ちょっと待て、おかしくないか？　だいたい、俺、この間留年を回避したばっかりだろ？　なんでそんな話になってんだよ？」

「拓也、お前が回避したのは一年生のときの留年だ。今言ってるのは、二年生になってからの分な」

「そ、それこそおかしいだろ。だって、俺、二年生になってからはかなり真面目にやってるんだぞ？」

「ああ、そうだな。遅刻もなくなった。成績だって良くなってる。不思議なことに一年生の時に比べれば、かなり改善されている。……いったい何があったんだか」

「っ」

涼真が眉をひそめて訝しそうに見てくるが……当然、理由なんて言えるわけがない。

だって、俺が頑張り始めたのは氷川先生に無様な姿を見せたくないからだ。

涼真とは中学の頃からの付き合いだが、一応、教師だ。

だから、氷川先生と付き合っていることはこいつには隠している。

俺と氷川先生の関係は、他人にバレれば一発でアウトだしな。

でも、そうだよな……俺が急に頑張り始めて、涼真が不自然に思わないわけがないか。

他の先生ならともかくとして、涼真は俺のことをよく知ってるのだから。

けど、どうする？　どう誤魔化せばいい？

俺が必死に考えながらもそわそわしていると、涼真は小さく溜息をついて。

「はぁ……まあ、いい。別に詮索するつもりはない。お前が中学の時みたいに頑張ってるのは良いことだからな」

「お、おう」

「それはそれとして、留年のことだ。繰り返すが、確かに拓也の状況は改善された。成績も前より遥かに良くなったと思う」

「そ、そうだよ！　それなら、なんで——」

「それでも、まだ足りないんだよ。この高校の平均値が高いってのもあるけどな……拓也、お前の成績は他の生徒と大きく離されたままだぞ？」

「そ、それは……」

　そんなことは、知ってるつもりだった。

　この慶花高校はかなりレベルの高い進学校だ。通っている生徒は、いずれは誰もが知っているような高偏差値で有名な大学に行くであろう人たちばかりだ。

　だから、俺がちょっと勉強したぐらいで、到底追いつくはずもないのはわかってたつもりだったんだけど……心の中では、勝手に多少は近づいていると思っていたようだ。

「……ん、ちょっと待て？　留年しそうな理由はわかったけど、それならなんで氷川先生にそう言われてないんだ？」

　氷川先生は、俺の担任の先生だ。

　それぐらい、注意してくれそうなはずなんだけど。

　俺が眉根を寄せていると、涼真は至極当然のように頷く。

「そりゃそうだろ。最初に言っただろ、留年の可能性があるって。まだ具体的な話は何一つとして上がってないぞ？」

「はぁ⁉　なんだ、それ⁉　じゃあ、もしかして、涼真が勝手にそう予想してるってだけなのか⁉」

「予想が外れればいいんだけどな。今度の中間テスト、成績が悪ければ予想が的中することになるぞ。だから、こうして早めに忠告してやってるんだ」

「そ、それは……」

確かに、もう一度勉強に取り組み始めてから成績は良くなった。

しかし、スタートが遅れてる分、同級生に比べればそんなの微々たるもので。

「だから、今度の中間テスト真剣に取り組め。今度は春休みのときみたいに救済措置があるかもわからないし、本当に留年するぞ？」


「……留年、かぁ」

小さく呟いて、俺はとぼとぼと学校の廊下を歩く。

ここ最近は頑張ってるつもりだったんだけど、やっぱり一年間サボってたつけは大きいようだ。

俺はもうすっかり慣れた足取りで、二年生の教室までの道を歩いていく。

今まで紹介できてなかったかもしれないが、俺のクラスは二年二組だ。

校舎の端っこの方にあるその教室に入ると、一瞬だけ静まり返った。

だけれど、すぐさま活気を取り戻す。この反応にも慣れたものだ。そして、それはどうやら向こう側も同じらしい。

俺が何もせずに静かにしているからか、クラスの反応も徐々に薄くなっていっているのだ。まあ、前のクラスもそうだったし、この感じだと夏休みを越えたあたりでは、俺のことなど誰も気にしなくなるだろう。……だからといって、触らぬ神に祟りなしっていうか、決して俺が受け入れられたわけじゃないんだけどな。

ただ、まあ、クラスが落ち着いているのはそれだけが理由じゃないと思う。

クラスの中心。

そこには、『選ばれた者だけ参加可能』といった不文律を敷いているような美男美女のグループがいた。そして、その更に中心には、彼女が朗らかな笑顔とともに机に座っていた。

夏希陽菜。

同級生の中でひっそり行われたらしいと噂の『彼女にしたいランキング』では、堂々の一位。それだけじゃなくて、スポーツ万能で成績も学年一桁で滅茶苦茶優秀らしい。ソースは、盗み聞きだけど。

見た目は、爽やかさと快活さを全身から溢れ出している女の子って感じだ。

ポニーテールの明るい髪。すらっと身体の線は細いが、全体的に引き締まっておりスカートからは健康的な太腿が覗いている。制服は校則に引っかからない程度に着崩されており、比較的地味な女の子が多い慶花高校ではその華やかさが目立っている。

きっと、彼女たちこそが学校カーストのトップだ。

つまり、学校における真の強者は、目つきが怖いだけの霧島拓也ではなく、華やかな夏希陽菜たちのグループということ。そんな彼女たちがいるからこそ、クラスの空気がそこまで悪くなっていないのだと思う。

ともあれ、俺と夏希は真逆の存在で。

同じクラスだからってそうそう関わることには……って、え？

「おはよ、霧島くん！」

「……あ、おお……およう」

クラスの中心から、その夏希陽菜がこちらに向かってやってきた。

夏希は人懐っこそうな笑顔とともに、挨拶してくる。

途端に、クラス中の視線が俺たちに集められるが……え、いや、なんでこんなことになってんだ？　お、俺、なんかしたか？

わけもわからず固まっていると、夏希はにこにことしながら。

「あのさ、霧島くん。進路希望調査書の提出って今日までだったでしょ？　実は、わたしがこのクラスの取りまとめしててさ。あと、霧島くんだけ集められてないから、もらってもいい？」

「……あ、ああ」

そういうことか。てっきり、ついに「お前、このクラスにいらねーから出ていけよ」的なことを言われるのかと思ったぜ。

そういや、進路希望調査書の提出って今日までだったんだっけ。

俺は鞄の中に手を突っ込む。……が、途中でこれまで提出できなかった理由を思い出して動きを止めた。

「……悪い。そういや、進路希望調査書まだ書いてなかったわ。放課後までに、氷川先生に直接出すから俺のは無視してくれ」

「ん、わかった。了解！」

夏希は頷くと、元いたグループに戻っていく。

そこでは、大袈裟にはしゃいだりしないが明らかに健闘を称えられていた。夏希は背中を叩かれたり、他の女子と戯れ合っている。まるで、この間、テレビで放送していたラグビーの試合後を見ているようだ。一試合を終えて、その頑張りを称賛するみたいな。しかし、ノーサイドの精神はない。何故なら、俺は敵サイドのままだから。

っていうか、どうせ誰も集めに来てくれず、一人で提出しにいくことになるから、後でいいやと油断していたのが仇になってしまった。

そのせいで、まだ何にも考えられていない。

うーん……どうしたものか。

俺が鞄から取り出した用紙に視線を落とすと、当然の如くそれは真っ白だった。

進路希望調査書。読んで字の如く、生徒の「進路希望」を調べるための用紙。……ではあるのだけど、うちの高校ではちょっと趣旨が違ったりする。

さっきも言ったが、俺が通う慶花高校は進学校だ。

そのためか「進路希望」を調査するというよりは、ほとんどの生徒は進学を希望するため、「どこの大学を志望しているか」を調査していると言った方が的確だ。

もちろん、進学以外の選択肢も選べるし、記入できるのだが……それは、備考欄に書いてねって感じだ。だって、進路希望調査書なのに、一番最初には「第一志望」って書いてあるし。完全に、進学前提だ。

まだ、高校二年生の五月下旬。

正直、進路なんて微塵も想像できていない。

どんな大学だとか、どんな学部だとか、あるいはそれ以外の道だったりとか。高校卒業した後の未来が、頭の中で何も描けていない。

まあ、だからこそ、この際に考えてみろって話なんだろうけど。

でも、そもそも、留年すれすれのやつが大学に行けるのか？

もしかしたら、どこにも受からないんじゃないか？

そして、もし、そうなったとしたら。


……え、霧島くん？　大学に受からなかったの？　しかも、この成績じゃどれだけ浪人しても無理なんじゃないかな？　そんな人とはちょっと付き合えないんだけど。


氷川先生は、そんなことは言わないだろう。

でも、もし……もし、高校三年生になっても、俺に全く大学に行けるような学力が備わっていなくて。何回浪人しても、大学に行けるかすらわからなくて。かといって、専門学校に行くわけでも、就職をするわけでも、何かに打ち込むわけでもなくて。そんな状態で、氷川先生とこれまでと同じように付き合っていけるかと考えると……うわあああああああ、無理無理無理無理！　想像するだけで辛い！

……ヤバい、頑張らないと。

留年もしない。進路もちゃんと決める。

そうしないと、これから、氷川先生とずっと付き合っていくなんてできない。

でも、どうしたらいいかわかんねーんだよな。

進路なんて、これまで一ミリたりとも考えたことないんだし。

となると、まず俺がやるべきは——

やっぱ、相談だよな。

「氷川先生、相談があります」

お昼休み。

最早、恒例となりつつある生徒指導室。

氷川先生の対面の席に座って、俺は真剣にそう切り出した。

進路相談ってなると、やっぱり先生にするしかないよな。それも、一番信用できる先生に。となると、その相手はもちろん氷川先生だった。

氷川先生はきょとんとすると、一拍置いて首を傾げて。

「相談？　何の？　ミニモンのシングルバトルの構成とか？」

「いや、そういうのじゃなくてですね」

それもめっちゃ悩んでるけど、そうじゃなくて。

俺は真面目な表情をつくると、深刻な声音で喋る。

「その、将来のことについてなんですけど……どうしても一回、氷川先生と相談しておきたくて」

「わ、私と相談したい将来の話……？　え、えっ？　そ、それってもしかして、その……わ、私に関係あったりする……？」

「はい、そうです」

氷川先生は俺の担任の先生だ。

関係ない、ってことはないだろう。

俺が力強く頷くと、氷川先生は小声でボソボソと。

「そ、そうなんだ。わ、私に関係ある将来の話なんだ……と、ということは、もうあれのことだよね……」

「先生！」

「は、はい！　な、なんでしょうか！」

「信じられないかもしれませんけど、俺、夜も寝られないぐらい真剣に考えてるんです！」

「そこまで真剣に⁉　夜も寝られないぐらい考えてるの⁉」

まあ、夜も寝られないぐらいってのは誇張だけどな。

でも、気持ち的にそれぐらいに真剣に考えてるってのは嘘じゃない。

一方で、氷川先生は何故かわたわたとしていた。

髪を必死に撫でつけ、熱を持った身体を冷ますようにパタパタと手で扇いでいる。

次いで、氷川先生は上目遣いでおずおずと窺ってきながら。

「そ、そのね？　とっても嬉しいんだけど……き、君、本気で考えてるの？」

「当たり前じゃないですか。だって、二年後、いや一年先ぐらいの話なんですよ？」

「そんなに早く⁉　君の中では、そこまではもう決定事項なの⁉」

「いえ。俺の中ではっていうか、世間的にそれぐらいじゃないですか？」

「そ、そうなんだ……せ、世間的にだいたいそれぐらいでするものなんだ……」

「？　え、氷川先生何言ってるんですか？　俺より氷川先生の方がよく知ってますよね？

しょっちゅう調べてるんじゃないですか」

「なんで知ってるの⁉」

　まるで、隠していたことがバレたように顔を真っ赤にする氷川先生。

『まさか、パソコンの履歴とか、こっそりと買ってたあの雑誌見られたの……？』などとよくわからないことを呟いているが……うーん、氷川先生って先生なんだから俺より大学受験のこととか調べてるよな？　世間的にあと一年と半年ぐらい先に受験が開始されるんだよな？　俺、なんか変なこと言ったっけ？

「き、君が真剣なのは、よくわかりました」

　未だ興奮して熱を持ったままの顔で、氷川先生はチラッと視線を向けてきた。

「で、でも、ちょっと急だから……その、少しだけ時間もらってもいい？」

「はぁ。まあ、別にいいですけど……」

「ちょっと覚悟決めるから」

「覚悟必要なんですか⁉」

　な、なんてことだ！

　俺の進路相談は、それだけしっかりと向き合わないといけないものだったのか！

　真剣になってくれるのは嬉しいんだけど……正直、そこまでされると不安になってしまう。え？　大丈夫、俺の将来？

ひっひっふーと明らかに動揺している深呼吸を繰り返した後、氷川先生は真剣な面持ちで俺の方に向き直った。それから人生の岐路に立たされてるかのような深刻さとともに、氷川先生は切り出してくる。

「じゃあ、その……私たちの将来について話そっか」

私たちの、ってのが気になるが、それだけ一緒になって考えてくれてるんだろう。

俺はこくりと頷く。

そうすると、氷川先生は真正面から見つめてきながら桜色の唇を動かして。

「それじゃ……その、まずは霧島くんの希望を聞きたいかな」

「希望ですか？」

「う、うんっ……その、色々とあるでしょ？　どんな感じにしたいとか。具体的に言うなら……その、こ、子供の人数とか、し、式の規模感とか」

「え？　最後の方、なんて言いました？」

「は、恥ずかしいから聞き返さないで！　だいたい、何を言いたいかわかるでしょ？」

何故か、顔を真っ赤にする氷川先生。

うーん、大事な部分が聞き取れなかったけど……多分、大学の人数と規模感だよな。

正直、そういう観点から考えたことなかったけど、まあ、しいて言うなら。

「野球ができるぐらいですかね」

「野球ができるぐらい欲しいの⁉」

「？　ええ、まあ、最低でもそれぐらいは欲しいですよね」

「しかも、最低ラインがそこなの⁉」

目をぐるぐるとさせながら、氷川先生は「ふぇ……そ、それって九人ってこと？　そ、それとも、十八人ってこと……？　き、霧島くんどれだけするつもりなの……？」などとまたしても意味不明なことを呟いている。俺、なんか変なこと言ったか？　大学の広さとして、最低でも球場ぐらい欲しいって言っただけなんだけど。

氷川先生は耳まで朱色に染めたまま、消え入るような小さな声で、

「そ、その……そ、それは出来るかどうかわからないから、ちょ、ちょっと勉強させて」

「はぁ……別にいいですけど」

勉強って、いったい何のことだ？

もしかして、そういう大学を調べてくれるんだろうか。個人的には、別に広さなんてどうでもいいんだけどなぁ。

と、そこで、俺は気になって訊ねる。

「逆に、氷川先生はどんなのがいいと思いますか？」

「わ、私？　私は、その……ふ、二人ぐらいがちょうどいいかな」

「それは流石に少なすぎませんか⁉」

二人って！　大学、経営できないだろうが！

その辺の塾にだって、その十倍以上はいるぞ⁉

「き、霧島くんが多すぎなの！　い、いくら少子化社会だからって、私たちだけが頑張ったって意味はないんだからね！」

「いったい何の話をしてるんですか⁉」

さっきから変だなとは思ってけど、流石にこの発言はおかしすぎる！

少子化って、ほんと氷川先生は何言ってんだ⁉

「き、霧島くんこそさっきから変じゃない？　ふ、二人が少なすぎるって言うし……霧島くんこそ何の話をしてるの？」

「え？　だから、大学受験の話ですよね？」

「……え？　結婚式とか結婚の話じゃないの？」

「え？」

「え？」

俺と氷川先生は顔を見合わせる。

そうして――

ようやくそこで、お互いの勘違いに気がついたのだった。

「ご、ごめんね、なんか早とちりしちゃって……」

「い、いえ、俺の方こそすみません。曖昧なまま喋っちゃって……」

数分後。

俺たちは落ち着きを取り戻して、誤解を解き終わっていた。

お互い、発言は思い返さないようにしている。だって、結構凄いこと言ってたしな。

それでも、これだけは気になって訊ねてしまう。

「あ、あの、氷川先生」

「ん？　な、なに、霧島くん？」

「その、ちょっと気になってたんですけど……氷川先生って、普段から結婚とかそういうこと考えてたんですか？」

「う」

俺の発言に、ぴしりと固まる氷川先生。

しかし、その追及からは逃れられないと判断したのか、氷川先生は両腕を組むとつんと唇を尖らせて。

「そ、そうだけど？　わ、悪い？」

「いえ、悪くはないですけど……」

「だ、だって、ちょっと前に、君がプロポーズしてくれたでしょ？　あのときは断っちゃったけど……でも、一応、真剣に考えなきゃいけないかなって」

——だから、俺と結婚してください。

俺は、氷川先生にもう一度付き合ってもらうためにそう言ったことがあった。

氷川先生はそのことを言っているのだろう。

でも、そっか……氷川先生、真剣に考えてくれてたのか。

「……で。き、君はどうなの？」

「え？」

「だ、だから、君はどうなの？　そういう意味での将来のこと。君はこれっぽちも考えてないの？」

氷川先生が恐る恐るといった調子で訊ねてくる。

俺は答える。

「そりゃ、もちろん考えてますけど」

「そ、そっか。君も考えてくれてるんだ。ふ、ふーん……えへへ」

満更でもなさそうに、幸せそうに口元を緩める先生。

そんな姿はもちろん超絶可愛い。

まあ、あのときは必死だった故の発言だったたし、いくら何でも早すぎるってのは自覚してる。法律的にも、心情的にも。

それに、今のまま、じゃ色々とダメだしな。

「んん」

そこで、氷川先生が話を切り替えるように声を漏らした。

次いで、真剣な表情をつくって。

「じゃ、本題に入ろうか。……話を戻すと、霧島くんが私にしたい将来の相談っていうのは大学受験のことなんだっけ？」

「はい。それと、進路のことです」

ちょっと遠回りしてしまったが、俺はようやく進路の悩みについて話し始める。

「進路希望調査書の提出って今日までじゃないですか。でも、具体的にどこに行きたいかとか全然考えられてなくて」

「あー、そういうこと」

　ふむふむと頷いて、氷川先生はチラッとこちらを見てくる。

「私が言うのもなんだけど、今回の進路希望調査書はそんなにきっちりと思い悩む必要はないよ？　もちろん、思い悩んでくれても全然いいんだけど……別に、これっきりってわけじゃないし、今回のものも後で変更できるし」

「それは、わかってるんですけど……」

「行きたい大学とか、ぼんやりとかでもないの？」

　どこでもいいんだよ？　と優しく訊いてくれる氷川先生。

　それに、俺は答えようとして——止めた。

　行きたい大学はある。だけれど、きっとあまりにも分不相応に決まっていて。

　代わりに、俺はずっと気になっていたことを訊ねる。

「そういえば、氷川先生の大学時代ってどうだったんですか？」

　それには、氷川先生は「んー」と声を漏らしながらも教えてくれる。

「元々、私は女子校に通ってたんだけど……大学は、慶花大学の教育学部に通ってたんだよね」

「教育学部、ですか……？　ってことは、高校生の頃から教師になりたいって思ってたんですか？」

やっぱり、氷川先生みたいな（生活面は置いておいて）しっかりしている人は、その頃から将来を見据えて動いているんだろう。

そう考えたが故の質問だったが、氷川先生は苦笑しながら意外にも首を横に振った。

「ううん、まさか。そういうことは全然考えてなかったかな」

「え？　じゃ、じゃあ、なんで教育学部に行ったんですか？　教育学部って教師になりたい人が行くところなんですよね？」

「確かにそうだけど……全員が全員、そうってわけでもないよ？　私みたいに何となく行く人もいるし。全く違う職業に就く人も、結構いるし」

「そう、なんですね」

「むしろ、高校卒業前にどんな仕事をするかまで決めている人の方が少ないと思うよ？　もちろん、しっかりと考えてる偉い子もいると思うけど。だから、霧島くんもまだまだ焦る必要もないかな。それは、これから先にたくさん考えていけばいいんだから」

なんだ……みんな、そこまで考えてないものなのか。

それなら、まあ……進路については、おいおい考えていけば良いか。氷川先生もこう言ってることだし。

といっても、進路希望調査書には何かは書かなきゃいけないんだけどな。

「あとは、言えるとしたら勉強をしっかりとしておくことかな。勉強ができれば色々と選択肢が増えるから。だから、さしあたっては今度の中間テストのために頑張るのが一番いいと思うよ？」

「はいっ。わかりました、氷川先生」

俺は頷くと、勢い良く椅子から立ち上がる。

よし！　それなら、まずは中間テストだ！

氷川先生に格好悪いところを見せないために、それなりの点数でも取れるようにならないと。それが、今後の進路にも繋がってくるなら尚更だ。留年しないためにもな。

と。

「……あれ、霧島くん？　今、気づいたけどちょっと顔色が悪くない……？」

「ちょ、ひ、氷川先生⁉」

氷川先生が手を伸ばしてきて、俺の頬に触れてきた。

その行為には思わずドキドキしてしまう。相手は、好きな女性なんだから当たり前だ。

しかし、俺の声なんて聞こえてないように一頻り触った後、氷川先生は不安げに眉をへにょっと曲げる。

「大丈夫？　風邪とか引いてるんじゃない？」

「そんなに体調悪そうに見えますか？　俺としては特に何ともないんですけど……」

言われてみれば、身体がちょっとだけ怠いかもしれないが……まあ、朝まで勉強してたせいで少しだけ寝不足だからだろう。寝れば治るはずだ。

「まあ、君が大丈夫ならいいんだけど……」

氷川先生は尚も不安げだったが、切り替えるようにパッと笑みを咲かせて。

「そういえば、約束通りだと明日の放課後って君の家に遊びに行ってもいいんだよね？　私、楽しみにしてるね」

「はい、待ってます」

それには、俺は笑顔で頷いた。

同時に、帰ったら家の掃除もちゃんとやっておかないとな、なんて思いながら。


……そのはずだったんだけど。


「あっ、拓也さんこんにちはー！　今日、家に行っても大丈夫な感じです？」

「駄目な感じに決まってんだろ」

放課後。

家に帰る途中で、俺は年齢が一つ下の幼馴染み——小桜木乃葉にばったりと出会った。

一目で陽キャラとわかる雰囲気。染められた明るい髪は肩ほどまで伸ばされ、シュシュでまとめられている。そして、俺が住んでいる家の大家さんの一人娘であり、同じ高校に通う後輩でもあった。

それにしても、木乃葉が家に行っていいか聞いてくるなんて。

成長したなぁ……前までは、こいつ勝手に合鍵を使って上がってきていたのに。

まあ、今の俺には彼女がいるし、掃除もしたいからあげたりはしないけどな。

俺のぞんざいな返事に、木乃葉はむーっと不満そうに頬を膨らませる。

しかし、その直後、不思議そうに眉をひそめて。

「……あれ、拓也さん体調どうしたんですか？　悪いんですか？」

「あ？　お前もそう思うのか？」

「……だって、目の下にクマだってありますし。っていうか、他の人にも言われたんですか？　それ、大丈夫なんですか？」

「まあ、大丈夫だろ。寝れば治ると思うし」

「……それなら、いいんですけど。まあ、どうせ、最近発売されたミニモンとかが原因ですよね？　別にどうでもいいですけど、私には風邪とかは移さないでくださいね」

大袈裟に身を引きながらそう言って、木乃葉は「っていうか」と続けてくる。

「なに、拓也さん断っちゃってくれてるんですか？　別にいいじゃないですかっ。拓也さんに彼女ができたから、私、仕方なく家に行く頻度を下げてあげてるんですよ？　そーゆー私の気遣いちゃんとわかってます？」

「はいはい、わかってるよ。ありがとな」

「それなら、今日お家に行っていいですかっ？　もちろんいいですよね？」

「もちろん、駄目に決まってんだろ」

「ちぇっ。拓也さんのケチっ」

けっ、と毒づいて唇を尖らせる木乃葉。

言葉だけ見れば俺に好意を持っているようにも思えるかもしれないが、こいつに限ってはそれはない。俺の家に来たいのも、ただ高速なＷｉ‐Ｆｉが使えたり、おやつが食べ放題と思っているからに決まってるからだ。

「だいたい、俺はお前が週に一回程度、家に来るのも良くないと思ってるんだぞ？」

「え、なんでですか？　前に、少しぐらいなら良いって言ってたじゃないですかっ」

「それは確かに言ったけどさ。でも、その……俺、氷川先生と付き合ってるんだぞ？　彼女がいるのに、一応女の子に分類されると噂されてるらしい木乃葉を、家にあげるのは不味いだろうが」

「あの、まず言いたいんですけど、どれだけ私を女の子扱いしたくないんです？」

呆れたように、木乃葉がジト目で見つめてくる。

そう言われても、はっ、こいつを女の子扱いとか。そんなの出来るわけがないだろ。

どれだけ長い付き合いだと思ってんだよ。

「でも、拓也さん、彼女がいるからなんて言ってますけど……向こうの駄目なラインがどこにあるかわからないじゃないですか。そういうラインって、人それぞれなんですから。案外と、氷川先生は別の女の子を家にあげてても平気なタイプかもしれませんよ？」

「案外と、別の女の子と二人きりで喋ってるだけで駄目なタイプかもしれないだろ。そのラインがわからないから、なるべく家にあげたくないんだよ」

「そういうこと話したりしないんですか？　普通、カップルなら話すと思うんですけど」

「え？　そ、そういうものなのか……？」

これまで付き合ったりしたことなかったから、知らなかったけど……え、そういうのって話したりするもんなのか？

そういえば、氷川先生とそういうルールを決めたことはないな。

生徒と教師が付き合うために、注意するべきことなんてのは少しだけ話したんだけど。

「ちなみに、私は束縛されたくないんで、他の男の子とご飯に行くぐらいは許して欲しいですねー。でも、相手が同じことをするとムカつくんで、それは許しませんけど」

「最低じゃねーか」

ほんと、お前らしいけど。

でも、そういう話を聞いて——

氷川先生のラインはどこなんだろうとは気になったのだった。

◇　◇　◇

帰宅すると、俺は録画していたアニメを幾つか視聴した後に勉強にとりかかった。

もちろん、中間テストのためだ。

ここ最近頑張ってきたつもりだった。

前よりは、勉強に時間を割いてきたつもりだった。

でも、それでも、涼真に留年する可能性があるかもしれないと言われてしまった。

それなら——もっと努力しないと。

俺は人よりも多く休んでしまってるんだから、もっともっと頑張らないと。

留年なんてしていられないし――何よりも、氷川先生に格好悪いところなんて見せたくないしな。

だから、少しでも点を取れるように頑張らないと。

途中で夕食や小休憩を挟みながらも、俺はひたすら机に向かう。

そうして日付が変わり、空が薄らと明るくなってきた頃。

「くぁ……」

俺は欠伸を嚙み殺すと、乱暴に瞼を擦った。

流石に、眠い。

学校が始まるまでそれほど時間もないようだし、取り敢えず準備しないとな……

でも、その前に少しだけ寝るか。このままだと学校に行けるかすら怪しいし。

そう決めると、俺はスマホのアラームを幾つも設定する。

それから、ぐっすりと眠らないようにそのまま机に覆い被さって瞼を閉じて。

そして、一瞬で時間がとんだ。

「…………あ、れ……？」

俺が泥のように重たい意識のまま瞼を開くと、窓からは橙色の光が差し込んできていた。

……なんか、おかしくないか？

俺が寝ようとしてたときには、早朝だったはずなのに。

なんで、今は……まるで、夕方みたいなんだ……？

しかも、奇怪な点はそれだけではなくて。

「俺、ベッドで寝たっけ……？」

思い返す限りでは、机に覆い被さって寝てた気がするんだけど……

って、学校!?

ヤバい！　俺、今日の授業受けてない！

氷川先生に連絡もしてない！　ど、どうすればいいんだ？　今からでも間に合う——わけないよな。ヤべぇ、マジでどうするんだこれ!?

微睡んでいた意識は、一瞬で覚醒した。

俺は慌ててベッドから起き上がって、部屋を出ようとする。

が、そのとき。

「っ」

急に起き上がって動いたためか、酷く重く感じる頭がふらついてバランスを崩した。

俺はそのまま床に倒れる――

ことはなかった。

ぽすっ。

「――、――」

俺は、ちょうど部屋の中に入ってきたその女性に受け止められていた。

しかも、その女性の胸に顔を突っ込むような形で。

「もう、霧島くん。体調悪いのに、起きてから急に動こうとしたら危ないでしょ」

「…………え、なんで……？」

ゆっくりと顔を上げて、俺は抱き止めてくれた女性を見つめる。

すると、女性――氷川先生は、怒ったように頬をぷくっと膨らませて。

「霧島くん、今、午後五時だよ。学校も無断で休んで……何があったかは、ちゃんと説明してもらうからね」

「……えーっと」

俺は再びベッドで寝たまま、辺りを見回した。

漫画やゲームで溢れ、可愛らしいものなど何もない男のオタク部屋。

そんな部屋の中心には、氷川先生が正座で座っていた。

学校から直接やってきたんだろうか。スーツ姿の彼女の存在は、この部屋には酷く浮いて見える。

俺がベッドで寝ているのは、氷川先生に「君は体調が悪いから」と押し戻されてしまったからだ。俺としてはそんなに体調を崩しているつもりはないんだけどな。

どうやら、氷川先生は俺が無断で学校を休んだから心配になって来てくれたらしい。

それは嬉しいんだけど、そうなってくるとある疑問が浮かんでくる。

「あの、ちょっと気になるんですけど……氷川先生、俺の家にどうやって入ったんですか？」

俺、鍵閉めたよな？

自問自答をして思い返していると、氷川先生はどこか申し訳なさそうに答える。

「あ、それはね。君が連絡もせずに学校に来ないから何かあったのかと思って……それで放課後に君の家まで来たんだけど、そのときにここの大家さんの娘さんって言ってた女の子に偶然出会ったの。で、その子が『担任の先生なら問題ない』って言って、鍵を開けてくれて……勝手に入ったら不味いかなって思ったんだけど、君が心配だったからつい。……ご、ごめんね？」

「い、いえ。そういうことなら気にしないでください」

大家さんの娘ってのは、木乃葉のことだろう。

スマホを見ると、案の定、氷川先生から心温まるメッセージがたくさん来ていると同時に、木乃葉からウザいメッセージが大量に来ていた。大方、勝手に俺の部屋に入ろうとしてたら、氷川先生に遭遇してしまったんだろう。

ちなみに、氷川先生にも木乃葉にもお互いの存在のことを教えているが、氷川先生は木乃葉と直接会ったこともなければ言葉を交わしたこともない。

だから、氷川先生は木乃葉に気づかなかったんだろう。

木乃葉のやつはわかった上で、鍵を開けたんだろうけど。

「じゃ、今度は私が君に聞く番ね」

そう言うや否や、氷川先生はスッと目を細めた。

その表情は、まさしく教師モード・雪姫のもの。

つまり、何が言いたいかって言うと——

「霧島くん、昨日の昼休みに『体調は悪くない』って言ってたけど……あれ、嘘だよね？　じゃないと倒れるわけないもんね。ねぇ、本当のことを教えて？」

　こ、怖い怖い怖い！

　だって口元は笑ってるけど、目が笑ってないし！

　小首を傾げてる感じとか、ちょっとヤンデレキャラっぽいし！

　なんか背後からゴゴゴっていう圧が見えるような気もするし！

　完全に、何人か殺してる風格だぞこれ⁉

「い、いや、別に嘘をついたわけじゃないんですよ？　そうではないんですけど、なんか伝えるまでもないって思っていたというか――」

「お・し・え・て？（にっこり）」

「はいわかりました教えます教えるんで指示棒を構えるのやめてもらえませんか！」

　だから、なんか怖いんだよ！　ってか、指示棒どっから取り出したんだよ！

　最早、指示棒がレイピアみたいに見えるんだけど！

　アニメに出てくる女剣士みたいに、連続攻撃を放ってきそうなんだけど！

　だが、そんな冗談で茶化す雰囲気ではなく、俺は氷川先生と目を合わせることなくボソボソと。

「いや、えっとですね。ほら、俺、成績悪いじゃないですか。それに、そろそろ中間テストも近いですし……だから、その、ここ数週間は朝まで勉強することが多くって。その疲れが溜まってた……みたいな？」

「ふーん……で、君はどれぐらい寝たの？」

「え？」

「朝まで勉強してたんでしょ？　それなら、あんまり寝れてないんじゃない？　だから、一日にどれぐらい寝てるか聞いてるんだけど。もちろん、一番短い日のことね」

「そ、それは、その……」

「（スッ）」

「わ、わかりました言います言いますから指示棒を構えるのやめてくださいって！」

完全に殺気出してるだろ、これ！　日常で出していい圧じゃねーよ！

流石、伊達に生徒たちから〈雪姫〉などと呼ばれていない。

氷川先生の質問に、俺は三本の指を伸ばした。

それに、氷川先生は冷たい表情のまま目を細めて。

「ふーん、三時間ね。かなり短いね。そんなことを続けてれば、確かに体調を崩してもおかしく――」

「あ、いや、その……さん、じゅっぷん……なんですけど」

「ふ～～～～～～～～～～～～～～～～ん」

たっぷりと間延びした声を漏らす氷川先生。

明らかに納得していない。すげー不服そうだ。

「で、でも、そ、それは本当に数日だけですよ！　他の日はもっとちゃんと寝てましたから！　三時間とか！」

「それが言い訳として成立していると思ってるの？」

教師のときのように冷めた声音で言うと、氷川先生は見下ろしてきて。

ぎゅむっ。

俺の頬を思いっきり抓った。

「……あ、あの、ひふぁふぁせんせ……いふぁいんですけど」

「我慢して。そんな……努力と無茶を履き違えてる子なんて、こうしなきゃわからないんだから」

耳が痛い言葉だった。

氷川先生は俺の頬を抓ったまま、囁くように。

「確かに、頑張ることは大事だよ？　確かに、一夜漬けのような手段が有効である場合はあるよ？　ただ、それは君の力にはならない。そのやり方は、いずれ霧島くん自身の首を絞めることになるから。だから、ありふれてるけど『継続は力なり』って言葉にあるようにずっと努力を続けて行かないと」

「……ふぁい、ふぁかりました」

きつかった。

好きな人に、どうしようもなく正しい言葉で指摘されることが、何よりも辛かった。

まるで——自分のダメなところをまざまざと見せつけられるようで。

だけど、それだけではなかった。

「それに……本当に心配したんだから」

氷川先生は顔を俯かせて、唇をぎゅっと結んでいた。

ちょうど斜陽が差し込んできて影になっているせいで、はっきりと表情は見えない。

されど、彼女が悲しそうにしていることだけはわかった。

「ふみふぁせんでした」

俺は謝った。

逆の立場だったら、俺もきっと同じような感情を抱いただろうから。

「……もう、ふぃどどしません。ごふぇんなさい、ふぃかわ先生」

「ねぇ、さっきから反省する気あるの？　変な言葉ばっかり言って」

「氷川先生がずっと俺の頬を抓ってるからですよ！」

俺は彼女の手を無理やり払って、そんな理不尽に対して叫んだ。


「……それで、霧島くんどうしよっか？」

それから、数分後。

氷川先生からお叱りを受けた後、俺たちの話題は移行しようとしていた。

しかし、氷川先生の言葉の意図がわからず、俺は首を傾げる。

「えーっと、どうしよっかってどういうことですか？」

「流石に、霧島くんがこんな風に倒れちゃったのを知ったら、担任教師として何もしないわけにはいかないでしょ？　君は一人暮らしなんだし。だから、たとえば、保護者の方に連絡するとか……あれ、でも、霧島くんの親御さんって海外で働いてらっしゃるんだっけ？　確か、霧島くんの緊急連絡先ってお姉さんになってたような……？　ってことは、お姉さんに連絡しなきゃ――」

「それだけはやめてください！」

気がつけば、俺は大声を出していた。

氷川先生はビクッと身体を震わせて、驚愕したようにこちらを見てくる。

ヤバい、やっちまった……俺は慌てて笑みを張りつけて誤魔化そうとする。

だけれど、笑みのつくりかたを忘れてしまったかのように、表情筋が強張ってしまって笑顔がつくれない。そのせいで、今、自分がどんな表情をしているかすらわからなかった。

それでも、俺は何とか声を振り絞って言葉を紡ぐ。

「……すみません、氷川先生。姉貴を呼ぶのは……それだけはやめてくれませんか。あと出来れば親に連絡するのも。多分、親に連絡がいくと絶対に姉貴が来るんで。もう二度とこんなことにはならないようにしますから」

「でも──」

「お願いします、氷川先生。連絡だけはやめてください」

俺は起き上がると、深々と頭を下げた。

こんな我儘が通るかなんてわからない。きっと、教師としてのマニュアルにはこういう事態には緊急連絡先に連絡するように書かれているのだろう。

だけれど、俺はそうするしかなかった。

氷川先生に、見逃してください、と懇願するしかなかった。

「………わかりました」

しばしの間の後。

氷川先生は未だ迷っているような表情をしながらも、ポツリと呟いた。

「別に、霧島くんも単に寝不足で体調を崩しただけみたいだから……今回は、連絡するのはやめておくね」

「す、すみません、ありがとうございます」

「でも、全く何もしないっていうわけにもいかないから。一応、何かの処置はしないと」

俺と姉貴の間に何かあることは察したのか、氷川先生もそれ以上突っ込んでくることはなかった。

その辺は、正直嬉しかった。

事情が複雑だし、上手く説明できるかわかんないしな。

だから、流してくれるのは良かったのだけど……氷川先生のその発言も聞き逃せるものではなかった。

「え？　で、でも、氷川先生はもう連絡はしないってさっき――」

「確かに、霧島くんの言う通り何もしないって決めたけど。でも、それは教師としてね」

「——彼女としては、君が心配で見過ごせるわけないでしょ？　放っておいたら、君また無理しそうだし」

その辺わかってるの？　と不満げに唇を尖らせる氷川先生。

正直……そう言われると弱かった。

だって、逆の立場だと俺も心配するだろうし。

でもなぁ……ぶっちゃけどうしようもなくないか？　俺が気をつければいいってだけの話だし。もっとも、それができないと思われているから、氷川先生にはこんなにも心配されているわけだけども。

「……でも、やっぱり処置って言ってもどうしようもないと思うんですけど」

「そうね。単に君の体調が悪いだけじゃなくて、君がもう無理しないように少なくとも中間テストまで監視するぐらいじゃないと意味ないだろうし。後は健康管理とかもできたら理想だけど」

「そんなの無理ですよ。それをやろうと思ったら寝食をともにするっていうか、野球部とかが夏休みにやってる合宿みたいなのをやらないと——」

俺としては冗談で言ったつもりだった。

だって、寝食をともにするとか普通に無理だしな。

ほとんど同棲みたいなことをするってことだし。

そのはずだったのに――

「じゃあ、それやってみる？」

「……え？」

その台詞の意味が理解できず、俺は訝しげな声を漏らしてしまった。

え、えっ？　な、何言ってるんだ、氷川先生？

それをやってみるってことは、その……つまり……

「だから、ね」

そう言って、氷川先生は至極真面目な表情でそれを紡ぐ。

「中間テストが終わるまで、私と一緒に住んで――勉強合宿してみない？」


【中間テスト終了まで、残り三十日】

第二章

「じゃあ、私たちの勉強合宿の打ち合わせを始めましょうか」

休日。氷川先生の自宅。

俺はリビングで胡座を掻いて、氷川先生を見上げていた。

氷川先生は慶花桜花祭の対策会議をしたときのような、私服ではあるものの黒縁の眼鏡をかけていたりするなど、ちょっとだけ教師モードの面影を残している。

壁に取り付けられたホワイトボードには、「勉強合宿・打ち合わせ」と綺麗な文字で書かれていた。

「では、早速だけど勉強合宿における留意点について話し合いましょうか」

パチパチと指示棒でホワイトボードを叩きながら、宣言する氷川先生。

何故、こんなことになっているのか。

時間は、昨日の放課後——氷川先生の爆弾発言まで巻き戻る。

◇◇◇

「……ちょ、ちょっと待ってください。勉強合宿ですか？」

「うん」

俺が確認すると、氷川先生は真剣な表情で頷いた。

どうやら、冗談で言っているのではなさそうだ。

で、でもなぁ……流石に、勉強合宿は不味くないか？

だって、それ、ほとんど同棲みたいなもんだぜ？

本音を言うなら、もちろん嬉しいに決まってるけど……色々と危なすぎないか？

「俺は、その、嬉しいんですけど……一緒に住むのは、流石に危ないんじゃないかと思うんですけど」

「でも、それだったら何も解決しないでしょ？　けど、合宿だったら、君の言う通り監視もできるし、健康管理もできるからぴったりだと思うし。それに、仕事が忙しくないときなら、君に個人レッスンできるかもしれないし」

「そ、それは確かに……」

「それだけじゃなくて、中間テストが近づいてくると、私もかなり忙しくなっちゃって時間もつくれなくなるから……その、会いたい時に会えるのっていいなって思うし」

「う」

それは、かなり魅力的な提案だ。

氷川先生が忙しくなると、途端に会えなくなるからな……正直、良い案に思えてくる。

で、でもな……もし、氷川先生と一緒に住んでることがバレたら、一発でアウトな確率が跳ね上がりそうな気がするっていうか——

「……ダメ、かな？」

そこで、氷川先生はおずおずと上目遣いで窺ってきた。

それから、柔らかそうな桜色の唇をそっと動かして。

「その……私としては、君ともっともっと仲良くなれる機会だし、良い案だと思ってるんだけど……やっぱり、嫌だ？」

「そんなわけないじゃないですか。やりましょう、勉強合宿」

俺は誘惑に負けた。

とはいえ、やっぱり危ないことは危ない。

そういう経緯があって、俺と氷川先生がまず行おうとしているのが「勉強合宿の打ち合わせ」というわけだった。

これは、一緒に住むにあたって他の人からバレないようにする注意点とか、そもそも一緒に住むためのルールや留意点について話し合おうという場である。

そのはずなんだけど、

「……あの、なんで紗矢さんがいるんですか？」

横を見ると、氷川先生の女友達・神坂紗矢が同じように胡座を掻いて座っていた。

見た目は、中学生ぐらいのヤンキーに見えるお姉さんである。

染められた金髪。身長こそ低く童顔だが、年齢自体は氷川先生と同い年らしい。

ちなみに、職業は同人作家であり商業でも描いてるとか。

中学生にしか見えないけど、凄いお方なのである。

俺の言葉に、紗矢さんはニヤッと笑って。

「なんだよ、彼氏くん。あたしがいちゃ不味いのかー？」

「い、いや、そういうわけじゃないですけど……」

「まあ、真白と二人きりだもんな。そういうことしたいなら確かにお邪魔だよなー」

「し、しませんから！」

「そ、そうよ！　しないからね、紗矢！」

「おっ、息ぴったり」

くくくっと、笑い声を響かせる紗矢さん。

相変わらず揶揄われている。流石、中学生みたいな見た目で十八禁同人誌を描いてる凄いお方である。この間は、イベント運営スタッフに入場を止められかけたらしいし……十八歳超えてるのに。作者本人なのに。

「ま、あたしがいるのはたまたまだよ。元々、今日は真白の家に遊びにくるつもりでさ。で、面白そうなことやってるから混ぜてもらおうと思ったんだよ」

「面白そうなことって……」

「だって、真白たちこれから同棲するんだろ？」

「し、しないから！　これは同棲じゃなくて勉強合宿なの！」

それだけは違うと必死に主張する氷川先生。

まあ、同棲って言うと不純度合いが高まって聞こえるしな。

そういうことにしておきたいんだろう。

「んん……じゃ、勉強合宿について話し合おうっか」

氷川先生は仕切り直すように咳払いをした。

「まず、話し合うべきことなんだけど……やっぱり、まずはどっちの家でやるかだよね」

確かに、それはそうだ。

一月近く、俺たちは一緒に住むのだ。お互い一人暮らしとはいえ、どっちの家で合宿を行うかは重要だろう。

でも、これは……

「まあ、確かに重要かもしれねーけど……これは、真白の家は『ない』だろうな」

「ですね」

「な、なんで!? どうして二人ともそんなこと言うの!? なんで私の家が駄目なの!?」

「だって、真白の家、人が住める環境じゃないだろ？」

「私、ここに住んでるんだけど!?」

「じゃあ、訂正する。──真白以外、住める環境じゃないだろ？」

「住める！　住めますから！　なんで紗矢ってば、そんなに酷いこと言うの！」

「だって……なぁ、彼氏くん？」

「そ、そうですね」

同意はしづらいが、事実ではある。

だって、氷川先生の家ちょっとまだ汚いところもあるし。

定期的に掃除をしにきているから、最近は綺麗に保ってはいるんだけど……氷川先生自身が家事が苦手な人だから、調味料を始めとした色んなものが足りなかったりする。買い揃えてもいいんだけど、それなら最初から俺の家で行った方が問題ないだろう。

「じゃ、開催場所は彼氏くんの家で決定ってことで」

「むぅ……」

むすうううとして、すっかり拗ねてしまった氷川先生。

だけれど、同時に正論だと思っているらしい。

不満そうにしながらも、次の話題へと移行する。

「じゃ、そうなると、私が霧島くんの家で住む場所なんだけど……」

「それは、親の部屋を使ってください。親が帰ってきたときだけ使う部屋なんで、使ってもらって問題ありません」

「ん、わかった」

あそこなら掃除も定期的にしてあるし、好きに使ってもらって問題ないはずだ。

「それから、あとは役割分担とかかな」

「そうですね。食事、洗濯、掃除、色々ありますけど……」

「全部、彼氏くんにやってもらえば？　真白、できないんだし」

「そ、それじゃ合宿する意味がないでしょ！　今回は霧島くんの負担を減らすっていう意味もあるんだから、逆に増やしたら意味ないでしょ？　そ、それに……洗濯とかは流石にさせられないし」

「あー、確かに。真白のブラって、あたしの顔が入るぐらい大きいし。あれは彼氏くんに見られたら恥ずかしいかもなぁ」

「そ、そこまでは大きくないからね！」

胸を隠すように両腕で身体を抱きしめる氷川先生。

そのせいで、むにゅっと柔らかそうに形を変えて……ふ、ふーん、そうなんだ。氷川先生のあれって、紗矢さんの顔が入りそうなぐらい大きいんだ。

「……霧島くん？　なんで、紗矢の顔を見てるの？」

「み、見てませんから！　じゃ、じゃあ、家事については氷川先生にお任せしますね！

あと、洗濯も下着類は自分でやるんでっ。それとそれ以外にも、俺も出来るときにはやりますからね？」

「うん、それはお願いします」

氷川先生はぺこりと頭を下げる。

まあ、相変わらず、こちらを見る氷川先生の目は訝しんでいるものだったけど。

「あとは……そ、そうだっ。基本的に一日の予定を、お互いに共有するようにしない？」

「えっ？」

「おっ。出たな、真白の束縛」

「そ、そんなんじゃないから！　というか、なに!?　私の束縛って!?」

「だって、真白、基本的に愛が重いじゃん」

「お、重くありません！」

必死な調子で否定する氷川先生。

そういえば、愛されてるって言えば嬉しく聞こえるんだけど……愛が重いって言えば、不思議と駄目そうに聞こえるのって何でだろうな。やっぱり、愛でも限度があるってことなんだろうか。

「ところで、なんで氷川先生の愛が重いんですか？」

少なくとも、俺はそう感じたことがないんだけど。

俺がそう問うと、紗矢さんは答える。

「まあ、色々あるけどな……一例を挙げるなら、そうだな。彼氏くん、真白に指輪をあげたんだってな」

「そ、そうですね」

——**だから、俺と結婚してください。**

先月、俺は再び付き合ってもらうためにそんなことを言った。

そのときに、『アオの奇跡』というアニメに出てきそうな指輪をあげたんだけど……そういや、あれ、どうしたんだろう？

氷川先生、あれからつけてる様子はないし。どこかに仕舞っているのだろうか。

「その指輪についてなんだけどな。真白があれをどうしてるか知ってるか？」

「？　いえ。どうしてるんですか？」

「真白、実はあれ、大切にしすぎて神棚に飾ってるんだよ」

「ははは、そんなまさか。そんなこと言っても騙されませんよ、紗矢さん？　ねぇ冗談ですよね、氷川先生？」

「……………………………………………ソ、ソウダネ」

「氷川先生!?」

なんで、目をそわそわさせてんの！

なんで、額にめっちゃ汗を掻いてんの！

も、もしかしてマジでやってんのか⁉

「と、とにかく！　今回は、私は束縛とかそういう意図はないから！　ただ、止むを得ず夜ご飯を外で食べるときとか、もう家で用意しちゃってたらもったいないでしょ？　だから、そういうのをなくすために予定を共有しようと言ってるの！」

「その理屈はわかりましたし、別にいいんですけど……え、今、『今回は』って言いませんでした？　もしかしてそれ以外のところで、そういう意図があったことも……？」

「じゃ、次行こっか」

「氷川先生⁉　なんで無視するんですか⁉」

そういう感じで。

俺と氷川先生と、それから何故か紗矢さんを交えながらも、勉強合宿の打ち合わせは進んでいくのだった。

◆
◆
◆

「ふぅ……」

夜の帳が下りてきた頃。

マンションのベランダの手すりにもたれかかりながら、私は小さく息を吐き出した。

慶花町の街並みは眩しい人工灯で彩られ、ぼうとその輪郭を曖昧にしている。

ちょっと先にある繁華街の周辺を通過する車両の音は騒がしいが、慣れれば寂しさを感じさせないものでもあった。

「よっ。どうしたんだ、真白？」

ベランダで思いを馳せていると、紗矢が部屋の中から缶ビールを持ったまま出てきた。

今日は、紗矢は泊まっていくことになったのだ。

半日ぐらい前には、私の家には住めないとか言ってたくせに勝手なものである。

まあ、慣れてるから別にいいんだけど。

「ちょっと考え事かな」

私がそう答えて手すりに背中を預けていると、紗矢も同じポーズを取って。

「真白、わかってると思うけど——流石に同棲は気をつけろよ」

「ど、同棲じゃなくて勉強合宿だってば」

「あたしからしたら同じだよ。危険性って意味ではな。特に、ＰＴＡなんかにバレれば一瞬でアウトだ。ＰＴＡの恐ろしさなんかは、真白が一番知ってるだろ？　真白だってそういう危険性を自覚してないわけじゃないんだろ？」

「まあ、ね」

それは、もちろん自覚している。

霧島くんが懸念していたように、バレればアウトの確率が跳ね上がるのだから。

でも、

「……こうでもしないと、霧島くんは無茶するから。それに……気づけなかった自分が嫌だったの。私は教師なのに……霧島くんを守らないといけない立場なのに」

霧島くんが倒れる前、私は彼に会っていた。

体調が悪いことにすら気づいていた。

でも、それでも、まさかあそこまでとは思わなかったのだ。霧島くんは軽く考えてるようだが、あんなに無茶するなんて普通じゃない。

「だから、今度こそあんなことをさせないために、私がしっかりと教えてあげないと。私は彼女だけど、それ以前に教師なんだから」

「そっか」

紗矢は頷く。

しかし、その表情はどこか微妙そうで……どうしたんだろう？　何か、私は変なことを言っただろうか？

「……どうしたの、紗矢？」

「い、いや、真白がそう思ってるならいいんだ。いいんだけど……まあ、別に今のところ何でもないから良いか」

「？　よくわからないけど、良いんだよね？」

紗矢は何を気にしていたんだろうか。

うーん、さっぱりわからない。

「とにかく気をつけろよ。バレないに越したことはないんだからな」

「うん、わかってる。霧島くんは私が守るから」

私は噛み締めるようにそう言って。

次いで、紗矢を安心させるように朗らかに笑ってみせる。

「それに、大丈夫だってて。先生が生徒と恋愛沙汰でクビになったりとか、なかなか聞かないし。もしかしたら、そもそもやってる先生がいないのかもしれないけど……多分、見つかったりする確率なんて凄く低いんだってて。だから、紗矢安心して。私はきっとそんなことにならないからっ」

「鎌川高校の高橋先生が停職処分となったそうです。理由は、生徒と関係を持つだけではなく同棲をしていたからです」

翌週の月曜日。

朝会で教頭先生からそのような連絡が出されて、私はぴしりと固まった。

しかし、それにも構わず、教頭先生は続ける。

「この慶花高校にはそのような先生はいらっしゃらないと思いますが、くれぐれも気をつけてください。今のご時世、部活などで遅くなった生徒を車で送っただけでも問題になります。先生方はなるべく誤解されるような行動も慎むようにしてください」

そんな教頭先生の忠告を、他の先生は他人事のように聞いていたが……私はだらだらと冷や汗が止まらなかった。

大丈夫——ほんと、大丈夫だよね⁉　と、とにかく気をつけないと！

私は自分がしようとしていることの恐ろしさを自覚しつつも、霧島くんを守ることを改めて決意するのだった。

【中間テスト終了まで、残り二十七日】

第三章

氷川先生と勉強合宿の打ち合わせをした翌週。

ついに、俺たちの勉強合宿が始まった。

そして、その大事な大事な勉強合宿一日目。

俺はというと――

「………ご、ごほっごほっ」

……風邪を引いてしまって、自宅のベッドで休んでいた。

今日は学校も欠席せざるを得なかった。

どうやら、この間の疲れを溜め込んでいたようだ。

それが今になって猛威を発揮して……俺は、風邪を引いてダウンしてしまっていた。

「ひ、氷川先生、すみません……初日からいきなり倒れてしまって……」

「ううん、気にしないで。この間、ちょっと体調崩してからずっと引きずってたみたいだから……良い機会だし、まずはそれ治そっか」

「は、はい。そうすることにします……」

「じゃ、私は夕食をつくるね。霧島くんは、そこで休んでて」

エプロン姿になると、氷川先生はパタパタとキッチンへと消えていく。

氷川先生のエプロン姿。それは見るだけで新婚ごっこをしているみたいで、幸せな気分になるんだけど……ううっ、頭が痛いし、素直に楽しめる気分じゃない。

それでも、一つだけ懸念点があった。

それは、

……氷川先生ってご飯つくれるのか？

それだけが、どうしても心配でならない。

だって、その……失礼を承知で言うと、氷川先生ってお世辞にも家事ができるタイプじゃないもんなぁ。

俺もできない方に分類されるから人のことを言えた義理ではないけど、でも、氷川先生よりは多少は得意だと思う。まあ、氷川先生も以前カレーをつくってくれたことがあるから、料理は全くできないというわけじゃないんだろうけど。

ただ、氷川先生曰く、あのときは相当頑張っていたらしい。

というわけで、俺はハラハラしながら氷川先生の挙動を見守っていたのだが。

「うん、完成っ」

キッチンの奥の方でごそごそとさせながら、氷川先生の声が聞こえてくる。

それから、氷川先生が持ってきたのは物凄く美味しそうなおかゆで。

「え、凄っ！　氷川先生、前に料理はあんまりって言ってたのに、滅茶苦茶上手じゃないですか！」

「は、ははっ。あ、ありがと。喜んでくれるなら嬉しいかな」

「まるで、近所のおかゆ専門店のおかゆみたいですねっ」

そう言った瞬間、氷川先生は何故かぴしりと固まった。

しまった……お店のモノと比べるなんて失礼だったか？　俺としては褒め言葉として言ったつもりだったんだけど、氷川先生はそう受け取らないかもしれないし。

だけど……何故だろう。

氷川先生は異常なほどに冷や汗を掻いていて。

それから、目をそわそわとさせながら、そっぽを向いて。

「……は、ははっ、い、いい言い過ぎだって霧島くんっ。さ、流石に、そ、そこまでじゃないって」

いや、先生嘘下手くそかよ。

どうやら、この反応を見る限りでは近所のおかゆ屋さんで買ってきたものらしい。

まあ、それでも、嬉しいに決まってるけど。

だって、氷川先生が俺のために買ってきてくれたものだしな。

「と、とにかく！　霧島くん食べよっ。はい、お口開けてっ」

「え、口を開けろって……い、いや、自分で食べられるんで大丈夫ですってっ」

スプーンにおかゆを載せて突き出してくる氷川先生。

慌てて首を横に振るが、しかし、氷川先生はムッとどこか怒ったように言ってくる。

「だーめ。君は病人なんだから、なるべく楽な状態でいないと。じゃないと、治るものも治らないよ？」

「い、いや、そんなことはないと思いますけど……」

「ほら、ごちゃごちゃ言ってないで。あーん」

「で、でも――」

それでも言い淀んでいると、氷川先生はポツリと。

「……私ね、あのとき本当に心配したんだから」

「……え？」

それは、独白のようだった。

氷川先生は顔を俯かせて、消え入るような声で言う。

「君の家に行ったら、君が倒れてて本当に怖かったの……でも、それと同じぐらい自分に嫌気が差したの。毎日、君を見ていたはずなのに……君が限界なことに気づけなかったから。私なら、もっと早く止めることができたかもしれないのに」

「ひ、氷川先生……？　あ、あれは俺が勝手にやっただけで、何も先生が責任を感じるようなことじゃ——」

「だから、あのときに決めたの。少なくとも君が体調を戻すまで、たくさん君を甘やかすからっ。いいっ？　これは決定事項なんだからねっ」

それ以外は受け付けません！　とでも言いたげに、子供のように拗ねた様子を見せる氷川先生。

「……それとも、君は嫌だ？　私にあーんされるの、嫌かな……？」

「い、いや、嫌ってことはありませんけど……」

「じゃあ、あーん、ね。ほら、お口開けて？」

「で、でも……」

「あ・け・て？（にっこり）」

「……はい、わかりました」

わかった、俺は氷川先生には勝てない。

惚れた弱みっていうか……氷川先生にそんなことをされて逆らえるわけがない。

仕方なく小さく口を開けると、スプーンが恐る恐る入ってきた。

おかゆを咀嚼すると、程よい塩味が感じられる。優しい味だ。ごくりと飲み込むと、ベストのタイミングでまたもやスプーンが突き出される。

「ん、上手上手」

氷川先生が年上特有の余裕のある笑顔とともに、そう言ってくる。

くっ……なんだ、このくすぐったいような、こそばゆいような感覚は！

おかゆを食べさせてもらっているだけなのに、なんでこんなに恥ずかしいんだよ！

しかし、慣れとは恐ろしいもので、いつの間にか俺はおかゆを全て平らげてしまっていた。風邪気味のせいか、食欲はあまりないと思っていたのに。恐ろしすぎる、あーん。

「じゃ、次はなんだろ。霧島くんは薬は飲んだんだっけ？」

「はい。それは飲みましたけど……」

「それなら、次はお風呂かな。霧島くん、お風呂は入れそう？」

「いや……その、ちょっと身体が怠くて。そんな気力はないかもしれません。あんまり良くないかもしれないですけど、明日の朝でもいいかなって」

今日は暑かったし、かなり汗を掻いてるから本当は良くないんだろうけどな。

だが、そんな俺の言葉に、氷川先生は不満そうに頬を膨らませる。

「駄目でしょ、霧島くん。汗を掻いたままだと、あんまり良くないだろうし……それに今日は暑かったから、ちょっと気持ち悪いんじゃない？」

「それはそうですけど。でも、正直、シャワー浴びる気力もなくて……」

「ん？　何を言ってるの、霧島くん？　何のために、お姉さんがいると思ってるの？」

「……え？」

「だ、だから、君の身体ぐらい、私が拭いてあげるって言ってるんだけど？」

ちょっぴり頬を赤く染めながら、上目遣いで言ってくる氷川先生。

ふむ。氷川先生が拭いてくれるのか。それなら、確かに俺は動かなくてもいいし、楽だから問題はない――

って。

いやいやいや、ちょっと待て待て待て今なんて言ったこの先生⁉

か、身体拭くとかそんなの駄目に決まってんだろ！

「な、何言ってるんですか先生！　身体拭くとかそんなの駄目に決まってるじゃないですか！　だ、だって、それ、俺が服を脱がないといけないですよね⁉」

「じょ、上半身だけだよ？　あとは、足とかそれぐらいだから！　だ、だから大丈夫！」

「それでも駄目ですって！　ちょっと気持ち悪い程度我慢するんで！　だから、別に氷川先生はそこまでしてくれなくていいですから！」

「君はそんなに私に身体拭かれるの、嫌かな……？」

おずおずと顔を覗き込んできながら、訊ねてくる氷川先生。

正直、この質問はズルい。だって、嫌なわけがない。だが、問題は氷川先生に裸を見せるのは色々と恥ずかしかったりするわけで。

俺は断固たる思いで拒絶する。

「だ、駄目なものは駄目です！　そんなこと言っても俺の主張は変わらないですから！」

「ちっ」

「ちょ、今、舌打ちしました⁉　ってことは、さっきのあれ狙ってやったんですか⁉」

「霧島くんならこれでイケるかなって」

「俺、どれだけチョロいって認識されてるんですか⁉」

「ほ、ほら！　そんなに叫んでばっかりだと身体に悪いから！　ここは大人しく脱いで、私にタオルで拭かれて！　さっき、私に甘やかされるって決めたでしょ！」

「そ、それに承諾した覚えはありませんし！　ってか、いったい誰のせいで叫んでると思ってるんですか！　って、ちょっ！　氷川先生、やめて！　服を脱がそうとしないで！」

「ほら、霧島くんばんざーい！」

「ぎゃー！　襲われる襲われる犯される！」

「お、襲いませんし犯しませんっ！　き、霧島くん変なこと言わないの！」

　結局。

　数分後には俺は根負けして、氷川先生にされるがままになっていた。

　俺の上半身を裸にして背中を向けさせると、背後から氷川先生は言ってくる。

「はい、霧島くん拭くからね。拭いて欲しいところとかあったら教えてねー」

「……はい、ありがとうございます」

　しかし、始まってみると、かなり気持ちいいものだった。

　温かい濡れタオルによって身体を拭かれるたびに、何だか気分がすっきりしていく。

　……もっとも、頑張って拭こうとしているが故に聞こえてくる「ん、んっ」といった吐息や、氷川先生が抱きつくようにして拭こうとしているからか背中に押しつけられる柔らかい感触には、むしろドキドキしてしまって身体に毒かもしれなかったけれども。

「……それにしても、霧島くんって身体が引き締まってていいなぁ」

「え、そうですか？　引き締まってるっていうよりは、単に痩せてるだけな気がするんですけど。……っていうか、それを言うなら、氷川先生のほうがよっぽど引き締まってる気がするんですけど」

実際に見たことはないけどね。

でも、服の上からパッと見ただけでも、氷川先生は相当スタイルが良い気がする。なんていうか、俺がもし女の子ならば普通に自信を失いそうなぐらいには。

だが、氷川先生は慌てたように否定してくる。

「わ、私は全然そんなことないからっ。むしろ、最近は気が緩むと簡単にお腹にお肉がついちゃって困ってるぐらいで……って、な、なに？　霧島くんその顔？」

「いや、そんなこと言われても全く信じられなくて」

「ほ、本当よ？　嘘なんてついてないからっ。っていうか、嘘をつく理由がないでしょ？」

「もちろん、それはわかってますけど……」

でもなぁ……このスタイルの良さで、そんなこと言われても全く説得力ないんだよなぁ。

そんなことを思っていると、俺の目が如実にそれを語っていたのか、氷川先生はムッとした雰囲気をつくって。

「じゃ、触ってみて？」

「……え？」

「だから、触ってみてっ。そうしたら、私が嘘をついてないのわかるでしょっ？」

そう言うや否や、背後からガサガサという音が聞こえてくる。

嫌な予感を覚えて後ろを振り向くと——果たして、そこにいたのはブラウスを捲った氷川先生の姿だった。

ブラウスのボタンの下側だけ外して、氷川先生は両手でその裾をぐいっと持ち上げていた。真っ白いお腹に、可愛らしい小さなおへそがあるのが見える。それは、何だか神々しくも物凄く見てはいけないようなものを見ているようで。

っていうか、マジで何やってんだよこの先生！

これはいいの!?　卒業してなくてもこれはいいの!?

しかし、氷川先生はそこまで考えが回っていないのか——もしくは、自分のお腹がいかにだらしないかを主張したいのか、頬を赤らめながらも言ってくる。

「ほ、ほら、早く触ってっ。何してるの、霧島くんっ」

「や、でも……」

「は、早くっ。……も、もう、ほらっ。わ、私が言ったことは嘘じゃなかったでしょ？」

言いながら、俺の手を強引に取って自分のお腹に触らせる氷川先生。

うん……なんていうか、氷川先生の言った通り完全無欠に引き締まってるわけではない。お腹のお肉は摘めるし。ほんの、本当にほーんの少しだけだけど。なんだよ、これ。ほぼ誤差じゃねーか。

でも、それよりも……お腹のスベスベさとか、氷川先生の熱が手のひらを通して伝わってきて、そっちの方が遥かにヤバい。風邪ってこともあるのかもしれないが、体温が急激に上昇してきている気がする。多分、顔も真っ赤だ。手汗とかも酷い。

一方で、氷川先生は自分の主張が正しいことを伝えられたことで満足したのか、とびっきりのドヤ顔とともに口を開く。

「ほ、ほら、私が言った通りだったでしょ！　年々お肉はついていくし、私は別にそんなにスタイル良く、ないん……だか、ら……」

そこで。

氷川先生はリビングにあるテレビの方に視線をやったようだった。

そこには、真っ黒の画面に映った俺たち（俺：半裸、氷川先生：自分でブラウスを捲っている姿）が映っていて。

しばしの間の後。

ようやく状況を客観的に把握したのか、氷川先生は羞恥心のあまりか耳まで真っ赤にした状態でふるふると震えながら。

「…………………………………………いっそ、私を殺して」

「氷川先生、急に頭を壁に打ち付け始めてどうしたんですか⁉」


こうして、俺たちの勉強合宿は始まった。

朝から晩まで、氷川先生と一緒の生活。

そうして、一緒に過ごしていれば、氷川先生のこれまで知らなかった一面も見えてくるようになった。

たとえば、氷川先生に看病された翌日なんかには――


ぴぴぴ、ぴぴぴっ――

「……ふわっ、もう朝か」

靄がかかったような意識の向こうから、目覚まし時計の音が聞こえてくる。

俺は手でゴシゴシと目を擦ると、ベッドから起き上がってうーんと背筋を伸ばした。

「もう、大丈夫そうだな」

俺は熱を測り正常値であることを確認すると、そう呟いた。

身体の気怠さも治ってるし、もう問題なさそうだ。

「……五時半か」

スマホを見ると、画面にはそう表示されていた。

ちょっと早く起きすぎたかもしれないが、まあ、最初はこれぐらいの時間帯でちょうどいいだろう。

俺は欠伸を嚙み殺しつつ、ノタノタと洗面台へと向かう。

それから洗顔など一通り準備を終えると、俺は台所で珍しく朝ごはんをつくりはじめた。

なにせ、家事は氷川先生に全てやってもらうってことになってるのだ。

それなら、俺は朝ごはんぐらいはつくるべきだ。

といっても、手の込んだものはつくれない。

そもそも、料理がそこまでできるわけでもないしな。

パンに、目玉焼きに、焼いたベーコンに、サラダ……といった見栄えだけは悪くないものをつくって、俺は食卓に並べていく。

すると、

「…………あさ、ごひゃん……」

奥の部屋から、眠そうな声とともに現れたのは氷川先生だった。

地味な色のパーカに、動きやすそうなスウェットパンツを身に纏っている。

まだ意識が半分ほど夢の中なのか、氷川先生の目はとろんとしていた。

俺の方をゆったりとした仕草で見ると、氷川先生は不思議そうにこてんと首をかしげて。

「…………あれ……きりしまくん？　これ、ゆめ……？」

「ゆ、夢じゃありませんけど――って、ひ、氷川先生⁉　きゅ、急に抱きついてきてどうしたんですか⁉」

「……あれ？　だきつける……ってことは、ゆめじゃないの……？　ふふ……まあ、どっちでもいいかな……ぎゅー」

なんだこれ！　なんだこれ！

先生、可愛すぎるだろ！

「ひ、氷川先生……？　と、取り敢えず顔でも洗ってきませんか？　俺、朝ごはんを用意してますから」

「……うん、そうする……あらってくるね……」

うつらうつらとしながら、こくりと頷く氷川先生。

ほんと、なんだこの可愛い生物。

思わず朝からほっこりとしていると、氷川先生は危なっかしい足取りで洗面台の方へと向かった。それから、じゃーと水を出す音やじゃばじゃばと顔を洗っている音が聞こえてたりして。

ぱちん！

不意に、そんな乾いた音が響いた。

次いで、ドタドタと慌ててこちらにやってくる氷川先生。

見たところ、その意識は完全に覚醒している。それだけではなくて、氷川先生の両方の頬には紅葉型の真っ赤な痕がくっきりとついていた。

「き、霧島くん⁉　い、今、私、変なことしてなかった⁉　っていうか、なんでこの時間帯に起きてるの⁉　なんで、君が朝ごはんをつくってるの⁉」

「あ、氷川先生おはようございます」

「あ、うん。おはよ、霧島くん——じゃなくて！　そんなので、私が誤魔化されると思ってるの？　もうっ、君はこんなことしなくていいのに……」

「まあ、俺もできるときにはやるって言いましたし。これぐらいはやらせてください」

「た、確かに言ってたけど……もう、霧島くんってば……」

ぶつぶつと釈然としないように呟く氷川先生。

俺はそんな彼女に宥めるように言う。

「取り敢えず、氷川先生朝ごはん食べませんか？」

「食べるけど！　ありがたくいただきますけど、もう！　霧島くんはこんなことやらなくていいんだからね！　いい、わかってるのっ？」

そうして、氷川先生はピッと指を差してきて宣言してきたのだった。

こんな感じで、氷川先生が朝が弱いことを知ったりして。

ただ、氷川先生はいつも朝が弱いというわけではなくて――

「ふわっ……なんとか、今日も朝早く起きれた……って、あれ？」

「ふふっ、霧島くんおはよ」

日曜日の朝。

俺が起きると、既に氷川先生によって朝食が用意されていた。

いつも頑張って起きようとしても、結局無理なはずだったのに。

今日に限ってどうしたんだ？

「あの……氷川先生、どうしたんですか？　今日って何かありましたっけ？」

「もうっ、霧島くん。今日は日曜日だよ？　ニチアサだよ？　そのためなら、私、ちゃんと起きれるんだから！」

「あー、なるほど……」

そういうことか。

俺も毎週見てるけど、流石にそれが理由と思わなかった。

ニチアサ、オタク的には大事だけどな。

「じゃ、私が朝食を用意してるからそれを食べたら、ソファで一緒に見ようねっ」

「はい、先生」

氷川先生が笑顔で提案してくるのに、俺も同意したのだった。


そんな風にして、俺は氷川先生の新たな一面を知っていった。

ただ、一緒に住んでいて全く問題が起こらないということはなくて――


「きゃっ！　き、霧島くん⁉」

「わっ……す、すみません！」

何も考えずに脱衣所の扉を開けると、そこでは氷川先生が着替えてる途中だった。

そういや、氷川先生、さっきお風呂に入るって言ってたんだっけ。

こういうことはしないように注意してたつもりだったんだが……い、一瞬だけバッチリと見てしまった。その……す、すげー大きかったな。

「ご、ごめんね、霧島くんっ。私が鍵をかけておけば良かったんだけど……」

「い、いえ、氷川先生は悪くありませんから！　俺の不注意でした！　すみません！」

俺は全力で頭を下げる。

すると、氷川先生は脱衣所の扉を少しだけ開けると、そこからちょっぴりだけ顔を覗かせて。

「……そ、その……の、覗くつもりだったの？」

「違いますからね⁉」

そのあらぬ誤解に対して、俺は全力で叫んで否定した。

「お、俺──先生に信じてもらえるかわかりませんけど、覗くつもりはこれっぽちもなかったんで！　ええ、むしろ、そうならないようにこれまで凄く注意してきたぐらいで！」

「ふ、ふーん、これっぽちも覗くつもりなかったんだ……」

「はい！　これっぽちも、微塵も、まったく、覗くつもりはありませんでした！」

「ふ〜〜〜〜ん」

あ、あれ、なんかおかしいぞ……？

俺が誠実さを主張するたびに、氷川先生は機嫌が悪くなっていくぞ？

え、なんでだ？　さっぱり理由がわからないんだけど……

えーっと、となると、残る可能性としては、あれがあるけど……いや、まさかな。

しかし、万が一の可能性があるかもしれないので、俺は訊ねてみる。

「……そ、その、氷川先生、もしかして……俺に覗いて欲しかったんですか？」

「そ、そんなわけないでしょ！」

顔を真っ赤にしてそう否定する氷川先生。

う、うーん……これは、わからないぞ。

なんで、氷川先生は機嫌を損ねてるんだ？

「……きりしまくんの、ばか」

首を捻る俺に対して、氷川先生はそう拗ねたように呟いたのだった。


というような問題もあったのだった。

こうして見ると、勉強全然してないじゃねーかと思うかもしれないが、もちろん勉強の方にも取り組んでいた。

たとえば、こんな風に――

「じゃあ、まずは勉強合宿の目標について決めよっか」

勉強合宿を始めて二日目。

私服姿に黒縁眼鏡をかけるという半教師モードで、氷川先生がそう切り出してきた。

俺はリビングで胡座を掻いた状態で、首を傾げる。

「目標、ですか？」

「うん。霧島くんの今の実力からいうと……だいたい、学年で二百五十位ぐらいを取れると十分と思うんだけど……どう思う？」

「い、いや、それは十分でしょうけど」

正直、俺にとって二百五十位はかなり難しいハードルだ。

慶花高校の二年生の人数は、おおよそ三百人程度。現在、俺は最下位から一つ上って感じのランクだ。ここ最近はちょっと頑張ってるから、だいたい目安的には二百九十位ぐらいだと思っている。

それなのに、目標が二百五十位だなんて。

昨年一年間、勉強をサボってた俺には難しすぎる。

でも。

「…………」

俺は、氷川先生をそっと見つめた。

きょとんと首を傾げる氷川先生。そんな仕草も当然可愛らしい。そんな彼女には少しでも自分の格好いい姿を見せたいに決まっていて。

「……やります」

気がつけば、俺はその目標を了承していた。

「次の中間テストで、俺、二百五十位を目指します」

「うん」

氷川先生は微笑んだ。

それから、キリッと教師の顔に戻すと話を進める。

「じゃ、目標が決まったところで早速合宿に入っていきたいんだけど……霧島くん、何か質問とかある？」

「はい」

「はい、どうぞ。霧島くん」

授業中のように挙手すると、氷川先生が手で促してくれた。

「そもそも、勉強合宿と言ってもどういう感じで進めていくんですか？」

「それは、一応、こっちで考えてみました」

氷川先生は一枚のプリントをどこからか取り出すと、俺に見せてくれる。

それには、俺の一日の予定表が円グラフで書かれていた。六時半に起床し、二十三時に就寝するという健康的な生活サイクルだ。所々、自由時間もしっかりと取られていて、厳しいスケジュールという感じもしない。

「……えっと、なんていうかこれでいいんですか？」

俺としては、かなりスパルタなスケジュールを想定してたんだけど。

もっと「お前に寝る時間があると思うなよ！」みたいなのを考えてたんだけど。

氷川先生は教師モードを解除すると、そんな俺の考えを察したかのようにムッと頬を膨らませて。

「もう、霧島くん。何のために、合宿をすることになったのか忘れてるでしょ？」

「あ、あはは……」

「今回の合宿の目標は、もちろん二百五十位を取ることだけど——君が倒れないっていうのが大前提なんだから。そこのところ、ちゃんと理解してる？」

「そ、それはわかってるつもりなんですけど……」

「霧島くん、一番凄い努力ができる人ってどんな人だと思う？」

不意に。

氷川先生は話題を変えてきた。

俺は素直に脳内に浮かんだことを答える。

「えっと……寝ずにずっと何かできる人とかですか？」

「ううん、それは違うかな。もちろん、それで高パフォーマンスが維持できるならそれで問題ないけど、私たちは人間である以上限界がやってくる。つまり、高パフォーマンスを常に維持できる人が最強ってこと」

「常に、維持する」

「そう。でも、そのためには色んなことをしなきゃいけない。食生活、生活サイクル、健康管理、そして身体づくり。他にも色々あるだろうけど、この辺は少なくとも必須かな」

「えーっと、身体づくりって言われても……俺、丈夫な方ですよ？」

「今はまだね」

風邪とかあんまり引かないし、と主張すると、氷川先生は遠くを見つめながらそう返してきた。

「霧島くんはまだ若いから……私も女子高生のときには、どれだけ食べてもあんまり太らないと思ってたんだけどね。年を取ると簡単にお腹にお肉がついちゃうし、運動する時間もないからなかなか体重も落ちないし……ははっ、年を取るって嫌だなぁ（死んだ目）」

「ひ、氷川先生⁉　だ、大丈夫ですか⁉」

「う、うん、大丈夫っ。……こほん。そ、それでね。要するに、言いたいのは身体も鍛えておくことが重要ってこと」

「――そうじゃないと、三十年も四十年も頑張り続けられないから」

「四十年……」

あまりのスケール感に、俺はポツリと呟いた。

確かにそんなにも長いこと頑張ろうと思ったら、身体は鍛えておかなければならないだろう。老いは、どの人間にだって訪れるものなのだから。

「まあ、今回は霧島くんにはそこまでやってもらうつもりはないけどね。あくまで理想はってこと。私だって絶対に無理だし、そこまでできないし。だから、今回は霧島くんには継続的に頑張るってことを感覚として知って欲しいってだけかな」

「はい、わかりました」

俺は深く頷いた。

継続は力なり——よく聞く言葉ではあるが、それがどれだけ困難を伴ったものか、ようやくその一端を摑んだような気がした。

「で、次は勉強の進め方なんだけど」

言いながら、氷川先生は鞄から分厚い資料を取り出した。

それに目を通しながら、先生は俺の方をチラッと見て。

「私の方で色々と分析してみたんだけど……霧島くん、勉強にやる気がなかったのって昨年一年間だけでしょ？　中学生の頃はしっかりやってたんじゃない？」

「は、はい、それはそうですけど……え、なんでわかったんですか？」

「まあ、中学生の頃はうちの高校に入れるぐらいだし、しっかりとやってたのかなって思って。あとは、単純に二年生で成績が取れてるのが、積み重ねがあまり影響しない教科とか単元ばっかりだったから」

「積み重ね、ですか？」

「うん。一つ前の単元を理解してないと、次に進めないものとかあるからね。そこで躓いちゃうと、ずるずると後ろに響いちゃうから。だから、霧島くんの成績の上げ方は一見難しそうに見えて簡単なの」

「――躓いたところを理解し直して、今、習っている単元まで辿っていく。たったそれだけで、君は伸びるよ」

「っ」

ぞくっと。何故か、背筋が震えた。

氷川先生の目は真剣そのものだった。少なくとも、俺を揶揄うつもりはなさそうだ。氷川先生は、本当に俺の成績が今よりもずっと伸びるものだと信じてくれている。

それは、どうしようもなく嬉しくて。

だけれど、同時にそれが途轍もなく難しいことであることも理解できた。

俺は申し訳なさを感じながら、恐る恐る氷川先生の顔を窺う。

「で、でも、それって俺がどこで躓いたか把握していないといけませんよね？　正直、俺、どこがわからないかわかってないっていうか。どこで躓いたかすら把握できてないんですけど……」

「それは、問題ないよ」

俺は決定的な不安を指摘する。

しかし、それに対して、氷川先生は不敵に笑みをつくっただけだった。

「それは、これまで勉強を教えてる中で把握済みだから。だから、これからは苦手を克服して辿っていくだけ。そのメソッドさえ叩き込めれば、あとは君一人でもできるようになる。ただ、無理だけはしないようにね？　もちろん、息抜きもしっかりすること」

「はいっ」

俺は力強く頷く。

あと一ヶ月近くで、二百五十位まで順位を上げる。

それは、当初は夢物語であるような気がしたが、今は違った。

氷川先生は、えいえいおーっと腕を上げながら言う。

「——じゃあ、よく動き、よく学び、よく遊び、よく食べて、よく休む、勉強合宿を開始しよっか！」

「それ、どっかで聞いたことあるんですけど！」

氷川先生は某超人気少年漫画も大好きのようだった。

そうして、俺たちの勉強合宿は本格的にスタートした。

朝は、氷川先生のためにご飯をつくったりして、そのまま一人で自己学習をして。

朝から放課後までは、一生懸命授業を受けて。お昼休みには、氷川先生と生徒指導室で一緒にご飯を食べたりして。放課後は、氷川先生が買ってきたり、つくってくれる料理を食べて。それから勉強を教えてもらったりして。

そして、就寝前には一緒にゲームをしたりアニメを見たりして。

そんな風に、俺たちの生活は回っていった。

前よりも、勉強時間は少ないはずだ。

それでも、俺は効率的に前に進んでいるのを実感できた。

まるで、歯車同士ががっちりと嚙み合ったように、俺の中で基礎が積み上がっていくのが感じられた。

ゲーム的に例えるなら、レベルアップこそしていないものの、経験値は確実に積み上がっていくのを感じている状態だ。

そうしているうちに、一週間が経過した。

【中間テスト終了まで、残り二十日】

第四章

「友達なんてそもそも必要ないんですよ」

　昼休み。いつもの生徒指導室。

　俺はこの世の真理を説くように、真剣な顔つきでそう言った。

「だって、友達がいると無駄に時間が取られるじゃないですか。こっちは今季のアニメ全部追ったりとか、ミニモンで個体値の厳選したりとか、そういうので忙しいのに、正直そこにリソースかけてられないんですよ。そりゃ、友達とじゃなきゃできないことだってありますよ？　でも、俺には氷川先生っていう彼女がいますから。そういうことは、氷川先生とやればいいですから。だから、俺は友達ができないんじゃなくてそもそも必要性を感じてないから友達を敢えてつくってないっていうのが正しいっていうか」

「その」

　そこで、氷川先生が口を挟んだ。

　次いで、彼女は恐る恐るといった調子で訊ねてくる。

「その……だから、霧島くんはもう六月なのにいつも一人なの……？」

「ぐああああああああああああああああああああああああああ！」

その言葉には、俺は思わず絶叫してしまった。

だってさぁ、だってさぁ！

考えてみろよ！　好きな人に、毎日、ぼっちなところを見られてるんだぜ！

先生だから善意でそれを心配してくれてるんだぜ！

こんな辛いことってあるか⁉

くそっ！　先生と付き合うことに、こんな弊害があるなんて思わなかった！

「だ、大丈夫、霧島くん？　ごめんね、あまりそういうことを聞かれたくなかったよね」

「い、いや、別に聞かれるのはいいんですけど……」

「それでも、霧島くんがいつも一人だからちょっと気になっちゃって。……その、霧島くん仲の良い友達とかいるのかなって」

「……仲の良い？　友達？」

「あの、なんで初めてその言葉を聞いたような宇宙人みたいな反応をしてるの？」

「中学の修学旅行で、一緒に寺の前で写真を撮ったあいつらは仲の良い友達って言うんですかね」

「ちょっと弱い気もするけど……でも、うん。そういうのそういうの」

「まあ、その後に撒かれちゃって、結局一人で観光することになったんですけど」

「うん、それは絶対に友達って言わないね」

「でも、あいつらもしかして俺に気を遣って一人にしてくれたんじゃ……と思えば、案外と友達ぐらいの仲の良さかもしれませんよね」

「その考え方は、ポジティブすぎない!?」

まあ、そんなことはわかっている。

あいつらが決して友達と言えるような関係じゃないことは。

でも、一緒に写真を撮ったの嬉しかったんだよな……たとえ、それが「霧島とちゃんと一緒に回ってましたよ」と教師に報告するための証拠づくりの一環だったとしても。

「だいたい、俺、目つきとか関係なく普通に友達をつくるのが昔から苦手なんですよね」

「え、そうなの？」

「はい」

俺は頷いて、遠いところを見ながら過去を回想する。

「ＳＮＳみたいな文字だけのやり取りなら、友達できるかなーって思ってやったこともあるんですけど、まあ、無理でしたよね。あとは、コミケみたいな共通の趣味を持ってる人が集まる場なら友達できるかなって思ったんですけど、当然のようにそれも無理でした」

っていうか、コミケで友達ができるってのも割と幻想な気がする。

もちろん「知り合いを通じて」なんてことはあるだろうけど、伝手もコミュ力もない俺みたいなやつにとっては都市伝説みたいなものだ。

何故かわからないけど、コミケに行く前は、俺はそんな空想を信じていたのだけど。

待機列で待っている間に、ちょっと話したりして。それで仲良くなったりして……みたいなことを想像していたが、さっぱりそんなことはなかった。話しかけたら、変な目を向けられて——挙句の果てに、怖がられてしまったのか順番を譲られてしまった。もちろん、それは断ったけど。

当たり前と言えばそうなんだけど、コミケで友達ができるんならSNSでもできてるんだよな……。

オタクには二種類のタイプがいると思う。

一つは、コミュ力高めの行動型タイプのオタク。そして、もう一つはコミュ力が欠如してる系のオタクだ。俺は言うまでもなく後者である。

「あー、でも、霧島くんが言ってることわかるかも」

　俺がそんな風にトラウマを思い返していると、氷川先生も思い当たる節があったのか過去を振り返るように目を細める。

「私はライブに行けば友達ができると思ってたかな……ほら、SNSとかで『次のライブ終わったら飲み会しましょう！』って言ってるのを見たりとか、ライブ会場で毎回特定のグループで仲良くしている人たちいるでしょ？　ああいうのって何となくライブに何回か行ってれば、参加できると思ってたの。当たり前だけど、自分から行動しないとそんなことあるはずないのにね……でも、何回か行っていると、顔自体は徐々に覚えていくから『あ……っ』ってお互いに頭を下げる微妙な関係になっちゃうんだよね」

「あー、それは何となく想像できる気がします」

　ファンの人数に、かなり依存する話ではある気がするけども。

　でも、ライブにはあまり行かない俺でも、それは容易に想像できる気がした。

「だけど、今はもう違うよね」

「え……？」

　氷川先生はふわりと微笑んでいた。

「だって、今は君がいるから。だから、無理に一人でイベントに行ったりとかすることも、もうないでしょ？　そういうときには一緒に行けばいいんだし」

「そう、ですね」

そう……そうなんだ。

まだ、氷川先生と付き合って日が浅いから想像できてなかったが、そっか。今度からは一緒に行けばいいんだ。当然、俺たちの関係上、人の目は気にする必要があるけど。

あれ……ちょっと待て？　そうなると、彼女がいるのってやっぱ最強じゃないか？

ライブとかの感想を言う相手にも困らないし、コミケでいつも一人では回りきれずに諦めていた戦利品を手に入れられる可能性もあるかもしれない。

つまり。

つまり、ここまでの話をまとめると、導き出される結論は——

「やっぱり、彼女がいれば友達っていらないんじゃ……？」

「いや、それは違うからね？」

氷川先生はかなり呆れたようなジト目とともに否定した。

「だ、だって、彼女ですよ！　友達の上位互換ですよ！　ハイエンドバージョンですよ！　彼女がいれば友達いらなくないですか⁉」

「うーん、個人的には恋人と友達は別物かな……少なくとも、上位互換でもハイエンドバージョンでもないと思うけど」

「で、でも、彼女がいれば友達とできることは大概できるじゃないですか！　逆に、彼女とはできても、友達とはできないことはたくさんありますし！」

「それって、たとえばどんなの？　彼女とならどんなことができるの？」

「彼女とはエッチなことができます」

俺は大真面目な顔でそう言った。

「え、エッ……って！　そ、それは確かに、そ、そうかもしれないけど……」

ごにょごにょと口の中で言葉を転がす氷川先生。

だが、そういうことを考えてしまったのか、ぼふんと頭のてっぺんから湯気を出して。

「も、もう、霧島くん変なことを言うの禁止！　そういうのは卒業するまでダメって言ったでしょ！」

「でも、氷川先生は前に考えるのは自由って」

「い、言ったけど！　言いましたけど！　で、でも、ダメ！　口に出すのは禁止です！」

ちょっぴり教師モードの口調になりながら、氷川先生は可愛らしく怒った。

「と、とにかく！　彼女としかできないことは確かにあるかもしれないけど……でも、私は同じように友達としかできないこともあると思うな」

「そうですかね……」

「うん、そうだと思うよ」

こくりと頷く氷川先生。

それから思い出したように、表情をハッとさせて。

「じゃ、じゃなくてっ。そもそも、私がこんな話題を出したのは、霧島くんがいつも一人なのが気になったってのもあるけど……友達をつくれば、進路に役立つかなって思ったからなの」

「友達が、進路に役立つ……？」

その言葉が、いまいち腑に落ちない。

だって、友達と進路がどう結びつくかさっぱりわかんねーもんな。

「まあ、役立つっていう言い方はあんまり良くない気もするけど……要は、目標とするべき人がいるかってこと。考え方に影響を受けたり、もしくは単純に負けたくないって思ったり。少年漫画風に言うなら、ライバルって感じかな」

「あー、あー」

そういうことか、やっと納得できたぜ。

ナルトに対するサスケっていうか。

連載中のもので言うなら、緑谷に対する爆豪って感じか。

「まあ、友達であるべき必要はないんだけどね……でも、友達の方がその人をよく知れるし、良い影響を受けやすいと思うかな」

「でも、目標にしたい人なんてそうそういますか？」

「その人の全てを目標にしなくても、その人の特定の部分だけ目標にしてもいいの。それなら、できるんじゃない？」

「そう、ですね」

「霧島くんは自分から他の人に関わり合いに行かない傾向があるから……もし、よかったらちょっと意識してみたらいいかもね」

氷川先生にそう言われて、俺は頷いた。


……のだけど。

「やっぱ、難しいよなぁ……」

朝。通学路。

俺は慶花高校へと歩いて向かいながら、小さく呟いた。

氷川先生とは時間差をつけて登校している最中だ。

それだけじゃなく、ここ最近は朝の時間は図書館で勉強しているために、他の生徒が朝練をしている時間に、俺は登校していた。そのおかげか、周囲には誰もいなくて非常に静かだ。

氷川先生の言う通り、俺は確かに他の人と積極的に関わり合いになろうとはしていない。避けられているうちに、俺自身もそう行動するように染みついてしまったのだろう。

そもそも、俺、六月だっていうのにクラスの全員の名前を覚えてないしな。

だから、氷川先生の理屈はわかるんだけど……やっぱ、難しいよなぁ。

俺の周り、基本的に誰もいないし。

しいて言うなら、木乃葉かもしれないが……うーん、あいつはどっちかといえば見習いたくない点が多い気がする。

まあ、周りとかそういうの以外で挙げるとするならば、

「……夏希、かな」

夏希陽菜。

性格良し、スポーツ万能、学業も超優秀らしいと噂の同級生。

関わり合いは同じクラスってだけで、それ以外は微塵もないが、目標の相手って言ったら彼女みたいな人のことを言うんだろう。

などと考えていると、

「……あれ？」

件の夏希陽菜が中庭を歩いている光景が視界に入った。

部活の朝練だろうか。

それにしては、時間帯が微妙な気がする。だって、グラウンドでは多くの部活がとっくに朝練を始めてるのに。それだけじゃなくて、夏希が向かっているのは何故か慶花大学の方だった。

ここで補足しておくと——以前に説明したかもしれないが——慶花高校と慶花大学は同じ敷地内にある。校門を起点にして、慶花高校が手前、慶花大学が奥に配置されているといった具合に。

だから、慶花高校から更に奥に歩いていけば、慶花大学にも行けるのだけど。

「………っ」

もしかしたら、夏希があそこまで出来るのには秘密があるのかもしれない。

そして、その秘密こそが慶花大学にあったりするのかもしれない。

そんな馬鹿(ばか)げた妄想(もうそう)を脳内で展開して——

まあ、ちょっとぐらい時間は無駄(むだ)にしてもいいかと思いつつ、俺は夏希の後をこっそりと追っていった。

そうして、その数分後には見失っていた。

あれ……おかしいな？　確かに、この慶花大学の図書館に入っていったような気がしたんだけど。俺がいる一階にはいないみたいだ。

ちなみに、慶花大学の図書館は慶花高校と慶花大学のちょうど境目にある。

それどころか、高校の学生証でも中に入ることができるのだ。その逆、つまりは大学の学生証で高校の図書館には入れないんだけどな。

まあ、見失ったのなら仕方ない。

わざわざ他を探す気力も熱意もないし、今日はここで勉強するか。

そう決めると、俺は鞄(かばん)からノートや教科書を取り出して勉強に励(はげ)む。

それから、俺は集中して氷川先生に出された特別課題を解いていると……あっという間に時間が過ぎ去ってしまった。

ふぅ。そろそろ、ＨＲの時間だ。

良い加減、慶花高校の方に向かわないとな。ちょっと遅れてしまってるから急がないと。

俺は小走りで図書館の出口へと向かう。

すると、二階へと続く階段の横を通り過ぎようとしたところで、たったったっと凄まじい勢いで駆け下りてくる音が上から響いてきた。

いったいなんだ？

チラッと、俺は階段の方を見て――

「っ」

慶花高校の女子用制服。

それだけしか、俺は認識することができなかった。

何故なら、それぐらい向こうは速度をつけて階段を駆け下りていて――俺と切迫していたからだ。

俺と向こうは、同時に避けようとする。

だが、その避けようとする方向すら同じだった。

俺たちはシンクロしたように横に動いてしまって——

「っ！」

衝撃。

予想外の方向からのそれに、俺は思わず尻餅をついてしまっていた。

それは、向こうの女子生徒も同じのようで廊下にぺたりと座り込んでいる。それだけじゃなくて、女の子の方は鞄の口がちょっぴり開いていたせいか、図書館の廊下に鞄の中身をぶちまけてしまっていた。

「わ、わわっ、ごめんなさい！」

その女子生徒は慌てたように立ち上がると、ぺこりと勢いよく頭を下げた。

それから弾かれたように上げられた顔は、意外にも俺が知っているものだった。

「な、夏希さん……？」

「き、霧島くん……？」

夏希は驚愕したように、瞠目する。

っていうか、図書館にいないと思ってたけど……夏希は二階の方にいたのか。一階しか軽く探さなかった俺には見つけられないはずだ。

「って、不味っ。は、早く行かないと！　あっ、ぶつかっちゃってごめんね！　大丈夫？」

「あ、ああ、大丈夫だけど……」

「それなら良かった！　あ、えーっと……ほんとごめんね！　じゃ！」

そう言うや否や、彼女は落ちてしまった鞄の中身をしゅばばばっと掻き集めて、慶花高校の方に駆けていく。

そうして、俺は瞬く間に取り残されてしまった。

は、早ええ……あっという間に、豆粒みたいな大きさになったぞ。鞄の中身を拾うのを手伝おうかと思ってたけど、そんな暇もなかった。

その直後。

「…………………あ」

時計を見て、俺は硬直した。

少し離れた慶花高校の校舎からは、ＨＲ開始のチャイムが鳴り響いてきていたからだ。

や、ヤバい、やっちまった……また、氷川先生に怒られてしまう。

こんなことは繰り返さないように、心がけていたつもりだったのに。

いや、職員会議が長引いていれば、氷川先生が教室に辿り着いていない可能性もある。

今からでも、走れば行けるか？

俺はそんな思案をしながら、慶花高校へと向かおうと一歩を踏み出して。

と、そこで。

「……あれ？」

俺は廊下に一冊の本が落ちているのを見つけた。

さっき衝突(しょうとつ)したときに、夏希が落として行ったのだろうか？

俺は何気なくそれを拾って――目を見開いた。

だって、それは「クラスの中心にいる女の子」が持っているにはあまりにも不自然な代物(しろもの)だったのだから。

――それは、一冊のライトノベルだった。

◇　◇　◇

「うーん……あの夏希陽菜が、ライトノベルねぇ……」

夜。自宅。

ソファの上で、俺は夏希が落としていったラノベを手に取りながら呟いた。

あの後、結局返却(へんきゃく)の機会を見つけられずに、彼女に返せなかったのだ。

そもそも、夏希のものかもわかんねーしな。

どうしても、俺の頭の中ではライトノベルはオタクが読んでいるものという固定観念がある。だから、陽キャラ中の陽キャラっぽい夏希が読んでるだなんて、いまいち想像できないのだ。

それでも、まあ、青春小説みたいなテイストのラノベなら納得できるかもしれない。

けど、その、内容っていうのがな……

【魔法神話大戦８　マキナ・インフェルノ・ヘルブラッド】

なんつーか、タイトルとペンネームからもわかる通りガチガチの厨二病系バトルラノベなのだ。

っていうか、名前からわかるってのも結構凄いと思う。

というか、このペンネームが発売当初から話題になり、デビューからいきなり有名になったぐらいだ。もちろん、それだけではなく中身も超面白い。最近、こういうストレートな厨二病系ファンタジー小説を見ないから、そういうのが好きな俺みたいな読者には、ぶっ刺さってしまった。

しかし、これを夏希が読んでると言われれば、やはり疑問は覚えてしまう。

だって、厨二病系バトル小説だし、しかも最新刊の八巻だし。

もし、読んでるなら完全にファンじゃねーか。

「あっ、魔法神話大戦！　もしかして、霧島くんもそれ読んでるの？」

「霧島くんも、ってことは、氷川先生も読んでるんですか？」

「うん。最近その手のものが少ないから、私も好きで読んでるの」

そう言いながら、氷川先生はソファの隣に座ってきた。

どうやら、お風呂から上がってきたようだ。柑橘系の良い匂いがふんわりとして、俺は思わずドキドキしてしまう。ちらっとその横顔を見ると、氷川先生は大きく胸元が開けられた薄いTシャツを着ていた。えろい。

氷川先生は『魔法神話大戦』を手に取って、パラパラと捲りながら。

「わっ、凄い。これ、霧島くんどうしたの？　なんか、滅茶苦茶書き込まれてない？　台詞の修正みたいなものも入ってるし……これ、霧島くんが書き込んだの？」

「え？　ちょ、ちょっと見せてくださいっ……あっ、本当だ。なんか、色々と書き込んである……」

「あれ？　これって霧島くんが書いたものじゃないの？」

「……ええ。実は、これ俺のじゃなくて拾ったものなんです」

「ふーん、そうなんだ……それなら返してあげないと。すっごく熱心に書き込んでるみたいだし。その人にとって大切なものなんじゃない？」

「そうですね。明日、何とかしてみます」

　これだけの量を、ライトノベルに書き込むなんて相当時間かかるはずだ。

　少なくとも、遊びで出来るものじゃない。何かしらの信念とか、そういうものがないと出来ない芸当だ。

「なんか、これ読んでたら久々に厨二系アニメが見たくなってきちゃった！　霧島くん、『コードギアス』一緒(いっしょ)に見よ！」

「？　なんです、それ？」

「そうだよね……霧島くん、世代的に知らないよね……」

　氷川先生はしょんぼりした。

　翌日。

俺は朝早く登校していた。

もしかしたら、毎朝、夏希はあのラノベに関係している何かを大学の図書館でやっているのかもしれない。

そう思って、昨日と同じ時間帯に高校に登校したのだけど……

「……普通に、朝練やってるな」

慶花大学までの道のりの途中にあるグラウンド。

野球部、サッカー部、ラグビー部、陸上部、様々な部活がグラウンドを陣取りながら駆け回っている中で、彼女が所属するらしい女子ハンドボール部は一番奥にいた。

半袖、短パンという、ともすれば男の子のようにも思える格好で、夏希陽菜を始めとする女子部員は地を疾走する。

どうやら、シュート練習をやっているらしい。

攻撃側がフィールドの端っこから守備側と一緒に走り出しつつ——何とか守備側を躱して、味方のゴールキーパーからパスされたハンドボールを取って、相手のゴールへとシュートする、という練習のようだ。

だが。

ホイッスルが鳴り響いた瞬間、夏希は一気にトップスピードで駆け抜けた。

その瞬発力は、併走するはずだった守備側の部員を置き去りにし、独走状態で味方のゴールキーパーからパスを受け取る。そのまま、相手のゴールキーパーが守るゴールへと一直線に駆け抜ける。

そして――

「っ」

飛翔。

夏希がゴールの前まで走り抜けると、勢いそのままに跳んだ。

その空間だけ「時間」という概念が切り取られたような感覚。その跳躍力が凄まじいのか、夏希はシュート体勢を維持したままなかなか地面に落ちてこない。ついには、守備側のゴールキーパーが焦れて先に動くが、それこそが夏希の思惑のようだった。キーパーが動いたところを狙って、夏希は体勢を斜めにしながらシュートを叩き込む。それから地面に背中から着地すると、グラウンドの上で一回転して受け身を取った。

「…………ふぅ」

いつの間にか、俺は息を潜めていたようだった。

思わず見惚れてしまっていたようだ。

だって、あんな走ったり跳んだりする動き、俺にはできないしなぁ……けれども、だからこそ、あのラノベを落としていったことが不思議でならない。

「……あ、えーっと……霧島くん？　こんなとこでどしたの？」

と。

不意に、声をかけられる。

いつの間にか、夏希が近くまでやってきていた。

どうやら、グラウンドに設置されてある水場を使いにきたらしい。きゅっという音を響かせながら蛇口を捻り、溢れ出た水で、彼女は泥だらけの手足を洗い流す。

っていうか、ど、どうして、急に声をかけてきたんだ？

何か用でもあるんだろうか……様子を見ている限りでは、水道で手を洗ってるだけで全然そんなことはなさそうだけど。

ナチュラルにコミュニケーションを取ってくる同級生にビビってると、夏希はぱんっと両手を合わせて片目を瞑りながら。

「あ、昨日はぶつかっちゃってごめんね？　注意して走ってたんだけど、どうにもわたしってどこか抜けちゃってて……友達にも『陽菜はちゃんとしろよ』って言われるんだけど、なかなか直らないんだよね」

あはは、と、夏希は頭を掻きながら笑う。

「い、いや、別に気にしなくても……夏希さんが悪いってわけじゃないし。俺もよく見てなかったから」

「そう？　それなら、お互い様ってことでっ。……ってか」

そこで。

不意に言葉を一区切りすると、夏希は真っ直ぐと見つめてきた。

いったい何だろう……？　と思っていると、夏希はぷはっと堪えきれないように笑みを溢す。

「お、同じクラスの同級生なのに、わたしのこと『夏希さん』って……く、くくっ、普通『さん』付けする？　し、しかも、もう六月なのに、ふふっ……」

「あ、いや、それは……」

「なんか、霧島くんってもっとぶっきらぼうな感じだと思ってた。結構意外かも、ふふっ」

「お、おう」

え、な、何に笑われてんの？　今のそんなに面白かった？

よくわからず返答するが、何が正解かわからない。ま、まあ、でも、いつもみたいに怖がられたり避けられたりするよりはマシなのか……？

夏希は人懐っこい笑みをつくって言う。

「『夏希さん』なんて他人行儀すぎない？　夏希でいいよ、夏希で。もしくは、陽菜でもいいけど？」

「そ、それを言うなら、夏希さ……な、夏希だって俺のこと『霧島くん』だろ？」

「それは確かに！　ってか、陽菜の方は無視？」

最後の台詞は、悪戯っ子のような笑みとともに言ってくる夏希。

「じゃ、わたしは霧島で。よろしくね、霧島」

「お、おう」

「ってか、同じクラスになったのに、わたしたち全然交流してないじゃん。なんかパッと見た感じ、霧島、噂ほどアレな人でもなさそうだし。もっと、話してこ？」

「お、おう」

「仲良くしよーね。じゃ、わたしあとちょっとだけ朝練があるから。またクラスで！」

言うや否や、バタバタと駆けていく夏希。

ふう……色々と凄いやつだった。

特に距離の詰めかたとか。あんなフランクに話しかけるとか、俺には絶対に真似できない。真似できないどころか、ノリすら合わせられなくて、途中から「お、おう」としか言えない機械になってたしな。

などと思っていると、夏希は何か思い出したようにくるりと反転して戻ってきて。

「あ、あのさ、霧島。一つ聞きたいんだけど……」

「ん？」

急に戻ってきてどうしたんだ？　いったいなんだ？

俺は首を捻る。

一方で、夏希は何故か周囲を窺った後、逡巡した様子で口を開いたり閉じたりして。

最終的に、彼女は誤魔化すように笑うとひらひらと手を振る。

「ん。や、やっぱ何でもないっ。気にしないで、霧島」

「お、おう」

「じゃ、じゃあ、またクラスでね！」

そう言うや否や、夏希は走って朝練に戻ってしまう。

いったい何だったんだろう。

けど、まあ、やっぱり夏希があのラノベを持っているなんて考えにくい。

あー、「このラノベ、お前のだったりする？」とか言わなくて良かった。

それをやってたら「え、霧島大丈夫……？　わたしがそんなの読むと思ってるの？」と言われた後、学校中で公開処刑を受けるところだったぜ。危ない危ない。

俺はそう決めつけてグラウンドの前から離れる。

だからか。

夏希が俺に何か聞こうとしていたことなんて、すっかり忘れてしまっていた。

そういうわけで、放課後。

俺は、例のラノベを落とし物として届けるために大学図書館の方に来ていた。

朝に来ようと思ってたんだけど、今日の朝は図書館側の都合で開いていなかったのだ。

俺は綺麗な館内を歩いて、図書館の受付へと向かう。

すると、その途中。

以前、俺と夏希がぶつかった階段付近の廊下。

そこでは何故か、夏希陽菜が四つん這いになりながら廊下を這っていた。

…………え、えーっと……何してるんだ？

夏希は廊下に顔をくっつけるほど近づけて、本棚の下だったり置物との隙間だったりを見ていた。

その姿は、まるで何かを探しているようで。

俺は思わず声をかけてしまう。

「なあ、な、夏希――」

「ひゃっ！」

だが、その瞬間、夏希は悲鳴とともに跳び上がった。

どうやら、背後に誰かいるなんて思ってなかったみたいだ。

ばさばさ――夏希は腕に大量の紙を抱えながら這いつくばっていたのか、跳び上がった衝撃で、それが紙吹雪のように舞って廊下に撒き散らされてしまう。

「あっ、ご、ごめんなさいっ！　って、え、き、霧島!?　どうしたの？」

「あ、ああ……なんか悪い、ちょっと用があったから声をかけたんだけど……」

そこまで驚かれるなんて意外だ。

俺は廊下に散らばった紙へと視線を落としながら言う。

「取り敢えず、先にこれを拾うな……っていうか、何をこんなに抱えてたんだ？」

「え？　い、いや、それはいいから！　拾わなくていいから！」

刹那。夏希は、しゅばばばっと凄まじい速度で廊下に散らばった紙を掻き集めた。

尋常じゃない速度だ。そんなに、俺に見られたくなかったのだろうか？

俺が廊下へと手を伸ばした状態で固まっていると、夏希はにこぉっと明らかな作り笑いを張りつけ。

「と、ところで、霧島はどうして図書館にっ？　あっ、もしかして雨が降ってきたから避難してきた感じっ？」

「いや、バリバリ外晴れてるぞ」

大丈夫か？　ここからでも空模様は見えるのに……急に、どうしたんだろう。

っていうか、ここまでテンパっていたら流石の俺でも何か隠しているのはわかる。

まあ、追及する気はないけど、正直、この学年一の美少女が何を隠そうとしているのかは興味あるな。

そんなことを考えていると――

「っ、っ」

突風。

図書館のどこかの窓が開け放たれていたのか、一陣の風が吹き抜けた。

夏希は反射的に紙を持ったままスカートを押さえる。俺もほとんど同時に間違っても見ないように視線を逸らして……って、あれ？

風に舞って、ひらひらと手元に落ちてくる一枚の紙。

これ、多分、夏希が落とした紙だ。なんか回収し忘れたものがあったみたいだ。

「……あ！　あっ！」

俺が手に取った紙を見て、夏希が顔を青ざめさせて口をパクパクしていた。

高々、一枚の紙なのに大袈裟な反応だ。

俺は夏希にそれを返そうとして——そのときに、不可抗力でその中身を見てしまう。

その紙には、たっぷり文字が埋められており、恐らくワープロソフトのヘッダー部分に該当するその場所には、こう書いてあった。


【魔法神話大戦９】


「……………………は？」

その文字列の違和感に、俺は硬直してしまった。

何かがおかしい。何かがおかしいのは直感的に理解しているのだが……それを上手く説明できない。

いったい、俺はこの文字列のどこに引っかかって──

「ご、ごめんね、霧島。拾ってもらってっ。実は、これ、図書館の本を間違って印刷しちゃってさ。だから、これ、わたしのじゃないんだ。心配しないで、これはわたしが責任を持って捨てておくから──」

言いながら、夏希は明らかな作り笑顔のまま俺に背を向ける。

しかし、その直後。

俺は遅れ(おく)ばせながらも違和感の理由にようやく気づいた。

「ちょ、ちょっと待ってくれ……今、夏希、図書館の本を印刷したって言ったか？」

「う、うん。そ、そうだけど？」

俺が制止の声をかけると、夏希は半身のまま顔だけこちらに向けて振り返った。

その表情を見る限りでは、一刻も早くこの場から立ち去りたそうだ。

しかし、そうはさせられない理由があった。

何故なら、

「……それはおかしくないか？　だって、『魔法神話大戦』は八巻が最新刊なんだぞ？　夏希はどうやって発売されてもない本を印刷したんだ？」

「っ」

そう。そうなのだ。

魔法神話大戦は八巻が最新刊。九巻の発売は、二ヶ月先だ。なのに、その印刷物が図書館にあるなんて――夏希が持っているなんておかしい。

同時に、夏希とぶつかったときに落ちていたラノベが思い返される。

あのラノベには、台詞の修正点などが事細かに記載されていた。

それこそ、今後何かに利用しようと思っているレベルで。それだけの熱意がなければ、あんな量を書き込めるわけがない。

そして、修正点が記された一冊のライトノベル。

発売されていない九巻の原稿。

と、なれば……もしかして、夏希は――

「ま、まさか、夏希――」

脳裏にある馬鹿げた妄想が生まれる。

しかし、一度思いついてしまえば正解はそれしかないように思えた。

果たして――俺の反応から何を考えているのか察したのか、夏希は嘆息して。

「あーあ、バレちゃったか。わたしの作品なんて読んでるやつが、学校にいるとは思わなかったけど……しかも、それがまさか霧島なんて」


がらり、と。

夏希の印象が、変化した。

さっきまでの気さくな雰囲気(ふんいき)ではなく――その逆。

まるで、氷川先生の教師モードのときのような刺々(とげとげ)しい雰囲気。

「そう、あんたが思ってる通り」

夏希は不敵に小さく笑って宣言する。

まるで、物語の一ページのように。

「わたしが『魔法神話大戦』の作者――マキナだから」

第五章

「なん……だと……」

想像はしていた。予測もしていた。

しかし、やはり夏希から宣言された言葉は咄嗟には飲み込めなかった。

だって、同級生が、あのシリーズの──それも、俺が読んでる大好きなシリーズの作者だったなんて。

一度は聞いたもののやはり鵜呑みできず、俺は震える声で問う。

「ほ、本当なのか……？　本当の本当に、夏希があの──」

「まあね。わたしが『魔法神話大戦』の作者、マキ──」

「ヘルブラッド先生なのか⁉」

「マキナの方で呼んでよ！」

その名前を口にした瞬間、夏希が顔を真っ赤にして怒ってきた。

「そ、そっちの名前で呼ばないで！　いいっ？　今度、そのだっさい厨二臭い名前を呼んだら許さないから！　い、いや、だからってマキナって学校でも呼ばれても嫌だけど……

と、とにかくそっちだけは止めて！」

じゃあ、なんでそんな名前にしたんだよ。

ラノベ作家なら、ペンネームで呼ばれることも多々あるだろうに。

まったく、そういうの考えてつけろよな。

「……でも、やっぱ信じられねーよ」

両腕を組んでぷいっと顔をそらす夏希を見ながら、俺はそう言った。

だって、同級生が大好きな作家さんだったなんて。

そんなことあると思うか？

「あんたが信じられなくても、証拠は出揃ってるでしょ？」

「まあな。っていうか、別に疑ってるわけじゃないんだ。それよりも、なんつーかまだ受け入れられてないだけっていうか」

現実が飲み込めてないっていうか。

「というか、なんで隠してたんだ？　その、ラノベ作家やってることとか……その、性格とか」

ラノベ作家であることは、ちょっと前に予測できていた。

それでも、まだその事実を飲み込めてないんだけどな。

　しかし、性格まで偽装していたことは想像もしてなかった。ラノベ作家であることを知ったときと同じぐらい――いや、それ以上に、ビックリしたかもしれない。

「そ、それは……あんただってわかるでしょ？　オタクってだけで忌避する人もいるんだから」

「それは、まあ……」

　まあ、俺はそれ以前の問題で避けられてるんだが――言わんとしていることはわかる。

オタク、という偏見は以前よりもなくなっていると思う。

以前よりも、世間に浸透して受け入れられてもらえるようになっているとは思う。

以前なんて知らないけどな。でも、氷川先生の話で聞くよりはずっと穿った見方はなくなっているように思える。

　しかし、根絶されたわけではない。なくなったわけではない。そして、学校という環境では絶対的にその偏見はなくならない。

　何故なら、学校は色んな人が来るところだからだ。氷川先生の話によれば「大人になれば自然と付き合う層が固定化されていく」ことが多くなっていくらしいが、学校はそれよりは色んな種類の人がいると思う。まあ、俺も中学から高校に上がるにつれて、心なしか似た性質な人が増えたような気がするしな。……それでも、友達はできないんだけど。

だから、夏希がそう思うのはわかる気がする。

「それに、わたしはただのオタクってわけじゃないから。書いてる人は、オタクの中でも異端中の異端。端的に言って気持ち悪いから」

「い、いや、そんなことはないと思うけど――」

「そう思う人もいるの。霧島は違うのかもしれないけど」

俺の言葉を遮って、夏希はぶっきらぼうな調子でそう言った。

「性格も同じ。あっちの方が受け入れられてもらえるから、そうしてるだけ。あ、でも、別に無理してるわけじゃないから。わたしなりの処世術とかそういう感じ。霧島も親と友達の前だと、態度が違ったりするでしょ？」

「そこまで露骨じゃないけどな」

態度っていうか、キャラが全然違うじゃねーか。

「イケメンの男とそうじゃない男とで、キャラが豹変する女の人とかいるでしょ？」

「それ一緒にしていいの!?」

「うーん、別にいいんじゃない？」

「い、いいんだ……」

でも、さっきの例を使うなら、キャラが豹変するのは――相手に好かれたいからだ。

だとすると、夏希が好かれたいのは——そんなキャラが本物だと思って欲しい相手ってのはいったい誰なんだろう？

そんなことが、少しだけ脳裏を過った。

まあ、普通に友達とかなのか？　でも、夏希がこの性格を表に出しても嫌われないとは思うんだけど……うーん、よくわからない。まあ、考えすぎか。

「取り敢えずそういうことだから。オッケー、霧島？」

「ま、まあ、わかったけど……」

「もし、わたしの秘密バラしたら、わたしにできる最大限の方法を以て復讐するつもりだから」

「お前は俺に何するつもりなんだ⁉」

怖っ！　怖すぎるだろ！

冗談ではなく、本当に出来てしまいそうなのでとにかく恐怖を煽られる。

「わ、わかった。言わない。誰にも言わない。そもそも、言える人間がいないしな」

「ま、霧島、いっつも一人だもんね」

「うるせえよ」

反射的に言って。

それからあることが少し気になって、俺は訊ねる。

「そういや……夏希、お前、俺のことを怖がってないよな？　なんでだ？」

自分で言うのもなんだが……よく、そんな口が利けるものである。

だって、俺、見た目はすげー怖そうだもんなぁ。

しかし、夏希は至極当然のような顔で。

「そりゃあね。だって、わたし、霧島がただのオタクってずっと前からわかってたし」

「えっ？　で、でも、この間『霧島のこと誤解してた』みたいなこと言ってなかったか？」

「あれ、嘘だから」

夏希はあっけらかんと言うと、俺の方をちらりと見てきて。

「最初におかしいと思ったきっかけは、霧島が教室で時々ラノベを読んでるから。もし噂通りなら、ラノベを読んでるなんてあまりにもイメージと違いすぎるし。そのきっかけを踏まえて、二ヶ月も一緒の教室にいれば……ま、噂みたいなやつじゃないってことぐらいはわかるでしょ？」

「え？　でも、俺は――」

「うん、カバーつけて読んでる。だから、確かに傍から見ればわからないかもしれないけど……でも、わたしならわかる。ちょっと覗いたら、知ってる文章が並んでたし」

マジかよ、地味にすげー能力だな。

それだけ、ラノベを何冊も読んでるってことなのか。

まあ、ラノベ作家なら、当たり前……なのか？

「とにかく、そういうことだから」

言いながら、夏希は俺に背を向けた。

それから、彼女は刺々しい視線で一瞥するとひらひらと手を振って。

「誰にも言わないでよ。言ったら、ありとあらゆる手であんたを追い詰めるから」

「ああ、わかったよ」

俺は重々しく頷くと、にっと笑ってみせる。

「俺は先生のファンだからな。先生の不利益になるようなことは絶対にしない。だから任せとけ、ヘルブラッド先生」

「あんた本当にわかってる⁉　その名前で呼ぶなって言ったでしょ⁉」

夏希が原稿を抱えたまま振り向き、涙目で叫んできた。


——そんなことがあった日の翌日。

「……、……」

朝から、俺は落ち着きなくそわそわしていた。

理由は単純。

だって、だってさ——同級生が、実は自分の好きなシリーズを書いてる作家さんだったんだぜ？　昨日は判明したばかりで思考が追いついてなかったけど、よく考えればこれって凄いことだよな。も、もしかして、頼めばサインとかしてくれるのかな？　創作秘話みたいなのって聞けたりするのかな？

そんなことを考えながら、俺は通学路を歩いていると——

「あっ、拓也さん」

車が行き交う大通りに出たところで、木乃葉に出会った。

「拓也さん、もう体調は大丈夫ですか？」

木乃葉と目を合わせるなり、何故かそう心配された。

俺の体調が悪かった間、木乃葉とは会った覚えがないんだけど……なんで知ってるんだ？　あ、でも、その前兆は摑んでたんだっけ？

それにしては、どうにも、俺が体調を大きく崩していることを知っていたように聞こえてしまう。……あっ、もしかして氷川先生から聞いたのか？　俺が体調を崩して家で寝てたとき、氷川先生のために家の鍵を開けてくれたみたいだし。きっと、そのときに知ったに違いない。うん、それだ。

「ああ、体調はもう大丈夫だ。それよりも、ありがとな。木乃葉、氷川先生のために家の鍵を開けてくれたらしいじゃん」

「あー、そういえばそんなこともありましたね。もうっ、あのとき本当にびっくりしたんですよ。急に、氷川先生が現れるんですから。せっかく、私が拓也さんを看病してあげようとしてたのに」

「ん、看病？　お前、俺が体調悪いって知ったのって、氷川先生から教えてもらったんじゃないのか？」

それじゃ、木乃葉が俺の体調についてどこからかの伝手で事前に把握していたみたいじゃねーか。

「はぁ？　拓也さん何言ってるんですか？　そんなことあるわけないじゃないですか。確かに氷川先生の顔を知ってますし、事情も把握してますけど、私たち直接話したことはないんですよ？　そんなことできるわけないじゃないですか」

「ま、まあ、それはそうだけど……」

「拓也さんの体調が悪いかもって思ったのは、ＬＩＮＥでメッセージを鬼のように送って

たんです」

も一切反応がないのがおかしいなーっと思ったのと、あとは風の噂でそれっぽい話を聞い

「風の噂って」

誰がしてんだよ、俺の話なんか。

「で、ちょっと心配になっちゃったから行ってみた、みたいな？」

「そ、そっか。……なんつーか、ありがとな。普段色々と言ってるけど、俺の心配をして

くれてたんだな」

「いや、それは違いますけど」

違えのかよ。

俺が呆れたように見ていると、木乃葉は当然のように。

「だって、拓也さんがいつまでも倒れたままだと、私、あの快適部屋ずっと使えないじゃ

ないですか」

「心配って、そっちの心配⁉」

「でも、行ったら行ったで、私に移ったりしたら嫌だなぁーって迷ってたら、氷川先生が

ちょうど来たんで任せちゃいました☆」

「任せちゃいました、って……」

「まあ、いくら早くあの快適部屋を使いたくても、私が体調を崩しちゃったら本末転倒ですからねー」

「徹頭徹尾、自分基準の行動原理でわかりやすいなお前」

ほんと、お前らしいよ。

結局、看病に来ようとしてたのも自分の都合じゃねーか。

「というわけで、今日こそ拓也さんの家に行ってもいいですか？　最近、中間テストが近づいてるから、家でスマホを弄ってるとお母さんから怒られるんですよねー」

「前にも言ったけど、駄目に決まってんだろ」

「むーっ、ちょっとぐらい良いじゃないですかー。私だって息抜きしたいんですよ？」

「俺以外の家でやれよ」

「……どうしても駄目ですか？」

「う」

あからさまにしょんぼりとする木乃葉。

演技だとはわかっているが、落ち込んだ表情を見てしまうと……その、罪悪感を覚えてしまう。一応、間接的とは言え、俺の心配してくれてたんだしなぁ……あんまり邪険にするのもなぁ。

結局、俺は流されるままにそっぽを向いてボソボソと。

「……まあ、最近断ってばっかりだったから、邪魔にならないタイミングなら別に──」

いいけど、と言いかけて、俺は固まった。

い、いやいやいや！　だ、駄目だろ！

そういえば最近慣れてきて忘れてたけど、今、氷川先生と一緒に住んでるんだぞ！　そんな家にあげられるわけないだろうが！

木乃葉には氷川先生と付き合っていることまで、成り行きで言ってはあるが──それでも今回のことに関しては、全く話していない。

木乃葉がどういう反応をするかはわからないが、俺と氷川先生が一緒に住んでいることなんて出来る限り知られないほうがいいに決まっている。

ま、不味い、どうする⁉

どうすればこの失言を取り戻せる⁉

俺が頭をフル回転させていると、木乃葉は目をキランと光らせて。

「え？　別に……なんですかっ？　もしかしてオッケーってことですかっ？」

「ち、違う！　言い間違いだ！　んなもん最初っから駄目に決まってんだろ！」

「ちぇ、拓也さんのケチっ……おっかしいなー、拓也さんならころっと騙されると思ったのに」

「やっぱ、あれ演技だったのかよ……」

「でも」

そこで、木乃葉が不意に訝しげな視線とともにじとーっと見てくる。

「その必死な感じ……拓也さん、何か私に隠してません？」

ドキッ！

「なんか、最近おかしいんですよね……拓也さん、頑なに部屋にあげてくれませんし」

「そ、そんなわけないだろっ。こ、ここ木乃葉に隠してることなんてあるわけねぇじゃねーか。ほ、ほら、あれだよっ。い、今の俺の部屋は、仮にも女の子にも見せられるような状況じゃないっていうかっ。だから、そういうのが整理し終わったらな？　な？」

そう言うと、木乃葉は一瞬だけ目をパチクリさせて。

それから、小悪魔めいた笑みをつくると顔を覗き込んできて。

「ふーん、仮にも女の子ですか。前は意識してるわけないとか言ってたのに……ふふっ、やっぱり、拓也さん、私のことを女の子って意識してるんじゃないですかー。あの拓也さんがねー。もう、そうなら言ってくださいよー。可愛いですねー、拓也さんは」

意識してるわけないだろ、ぶっ飛ばすぞ。

などと言えたら、どんなに良かったことか。

くっ……非常に遺憾だが、ここは木乃葉に合わせておくしかない。疑われて部屋に来られたら堪ったもんじゃないしな。

「……じ、実は、そうなんだよ。お前が、お、女の子だって最近気づいてな……だ、だから、お前が来るんなら、その、万全な状態で、迎え……たくて、さ……」

「あの、なんでそんな苦虫を嚙み潰したような顔をしながら言ってるんですか？　本当にそう思ってます？」

「お、思ってるに決まってんだろ！　いやー、今日も木乃葉さんは可愛いなー！」

「ちょっと雑なのが気になりますけど……ふーん、そうですか。拓也さんは私のことを可愛いって思ってるんですねー。可愛い彼女さんがいるのに他の女の子にそういうこと言うとか悪い人ですね、拓也さんはー」

くそっ！　なんだよ、その目！

ニマニマやめろよ！　俺が本当にそう思ってるみたいじゃねーか！

だが、木乃葉の追撃はそこで終わらなかった。

木乃葉は周囲をぐるりと見回した後、誰もいないことを確認したのか、俺の耳元でぼしょぼしょと。

「あの、別に、私は拓也さんの家が汚くても気にしませんよ？　それに、もし、そんなに汚れてるのなら、私が掃除のお手伝いしましょうか？」

どうやら、木乃葉は家にあげられない原因を「家が汚いから」と判断したらしい。

くっ……！　いつもは面倒ごとがあると思うや否や逃げるこいつが、どうして今日に限って優しいんだよ！

こうなったら、なりふり構っていられない！

身を挺してでも、家に寄り付かなくなるような言い訳をせねば！

俺は言う。

とびっきり爽やかな笑顔とともに。

「おっ、マジで？　それなら掃除手伝ってもらってもいいか？　俺の家、今、エロ漫画で溢れ返ってるんだけど大丈夫？」

「……うわっ、さいてー。……死ねばいいのに」

木乃葉と付き合いを続けてもうかなり長いこと経っているが——

こんなにも侮蔑に満ち溢れた彼女の表情を見たのは、初めてだった。

そうして、数十分後。

俺は、二年二組の教室に辿り着いていた。

ちょっと朝早く出たからか、教室にはほとんど誰もいない。そんな珍しい光景も相まってテンションも微妙に上がってしまっていた。

鞄の中には、『魔法神話大戦』の一巻がしっかりと用意されている。

もしかしたら、サインとかしてもらえるチャンスがあるかもしれないし。準備しておいても損はないからな。

俺は期待に満ちたまま、生徒が少ない教室で自分の席に座っておく。

そうしていると――

「あっ！　おはよ、霧島！」

次に教室に入ってきたのは、普段通りに快活に挨拶してくる夏希だった。

にこっと、夏希はとびっきり爽やかな微笑を向けてくる。

だけど、それだけだった。

パタパタパタ、と。夏希はにこにこ笑顔のまま、足音をたてながら自分の席へと向かっていく。……まるで昨日のことなんてなかったみたいに。

あ、あれ、おかしいな……も、もしかして、昨日のって俺の幻覚だったりするのか？

まあ、でも、そう言われても確かに俺には断言できる自信はない。

なにせ、

「……夏希がヘルブラッド先生だったなんて信じられないもんなぁ」

「…………」

びくっ。

俺が小さく呟くと、少し離れた場所で、夏希の身体が震えたような気がした。

「…………ヘルブラッド？」

びくっ！

「……マキナ・インフェルノ・ヘルブラッド？」

びくっ！　びくっ！

「まさか、夏希が実はヘル――」

「ねぇ、霧島ー？」

パタパタパタドタタタタッッ！

夏希が急に駆け出してくると、俺の目の前に立ちはだかった。

次いで、気持ち悪いほど完璧な笑みをつくりながら、

「この間、霧島、進路希望調査書についてわたしに相談したいことがあるって言ってたよね？　その話、今しない？」

「いや、別に俺はそんな話なんか――」

「したいよね。今、するしかないよね。じゃあ、ちょっと人が少ないところに行こっか。こういう相談って、人に聞かれると恥ずかしいもんね」

「い、いや、そもそも俺はそんな話は――」

「いいからいいから、ちょっとこっちに来て霧島」

ぐいっぐいっぐいっぐいっ！

俺は、夏希に服の袖を引っ張られて廊下に連れ出される。

そして、人気のない校舎の端っこの階段まで連れてこられると。

ドンッ！

夏希がにこやかな笑顔とともに、壁ドンをしてきた。

「あんた、馬っっっ鹿じゃないの!?」

開口一番、夏希は額に青筋を浮かべて怒気を発した。

「昨日あれだけ言うなって言ったよね!?　なのに、なんで名前連呼してんの!?　もしかして、あんた、わたしに喧嘩売ってるの!?　そうなんでしょ本当はそうなんでしょ!?」

「あっ、幻覚じゃなかった」

「そんなわけないでしょ！　なんでそうなるの！」

叫んで、夏希はがっくりと疲れたように肩を落とす。

「はぁ……ほんと、なんで朝からこんな気分にさせられなきゃいけないの……」

「わ、悪い。次は俺も気をつけるからさ」

「……本っっっっ当に頼むからね！　さもなくば、マジであんたの人生終わらせるからね！　わたしは本気の本気で誰にも知られたくないの！　万が一、父親になんかに知られちゃったら、わたしは――」

「あっ、後ろから人が」

「もうっ、霧島ー。急に進路相談なら早く喋ってくれなきゃわかんないだけどー。もしかして大学どこに行くかで悩んでるとか――って、誰もいないじゃん！」

見事なノリツッコミだった。

いや、正確にはノリツッコミの定義から微妙に外れるのかもしれないけどな。

夏希は頬をひくひくとさせながら、ギリギリと歯を鳴らしながら。

「きーりーしーまー？　マ・ジ・で、覚えておきなさいよ？　いつか、絶対にあんたの人生終わらせてやるから……！」

「い、いや、今のはマジで誰か通ったんだって！　そ、その、一瞬だったけど……」

「はっ、胡散臭。そんな嘘に騙されると思ってるの？」

「ほ、本当なんだって。……ほ、ほら、また誰か来てるぞっ」

「はいはい、そうやってわたしを揶揄って楽しむつもりなんでしょ？　だんだんわかってきたけど、あんたそういうやつだもんね。はぁ……そんな低次元の嘘に、わたしがそう簡単に何度も騙されるわけ——」

「……ふ、二人ともそこで何をしているのでしょうか？」

「霧島、わたしたちズッ友だよね！」

がしっ！　夏希がテンパりすぎたのか、俺の肩を抱いてバシバシと叩いてきた。

いや、ズッ友ってなんだよ。

っていうか、この声って……もしかして、声をかけてきたのって——

「って、ひ、氷川先生!?　こんなところでどうしたんですか!?」

「そ、それはこちらの台詞なんですが……いったい、二人ともどうしたんですか？　ず、随分と珍しい組み合わせですが」

氷川先生は頬をひくっと引きつらせて、廊下に立ち尽くしていた。

動揺してるのか、持っていたものを廊下に全てぶち撒けてしまっている。

氷川先生は腰を落として、それらを拾い始める。が、全然、上手く拾えていない。何故か手をガタガタと震わせて、何度も摑みなおしている。……いったい、どうしたんだ？

それに対して、夏希は俺の肩に手を回したまま無理に笑顔をつくる。

「あっ！　氷川先生、おはようございます！　実は、わたし、最近ちょっと色々あって霧島と仲良くなったんです！　もう友達と言っていいぐらいで！　ねっ、霧島？」

「い、いや、別に仲良くなっては——」

「ねっ！　き・り・し・ま？」

どうしよう。

取り敢えず合わせろよ、という夏希からの圧が凄い。

氷川先生は恐る恐る訊ねてくる。

「ほ、本当なんですか、霧島くん……？」

「は、はい……実はそうなんです、氷川先生」

ううっ……氷川先生に嘘なんてつきたくないのに。

でも、一度ついてしまった嘘は仕方ない。わざわざ訂正するのも変だしな。

けど、こんな嘘に、氷川先生が騙されるか？

気になって、俺が氷川先生を見ると——

「ふ～～～～～～～～～～～～～～～～～～～～～～～～～～～～ん」


なんかよくわからないけど、めっちゃ不機嫌になってる！

え、なんでだ⁉　なんで、氷川先生こんなに虫の居所が悪そうなんだ⁉

「良かったですね、霧島くん。友達ができて」

ゴゴゴッと、全身から凄まじい圧を発する氷川先生。

目なんて、今にも氷属性のビームでも放ってきそうだ。

「では、私は先に行きますね」

そう言うと、氷川先生はカッカッカッカッと靴音を鳴らしながら足早に去っていく。

それを見送って、夏希は安堵したように胸を撫で下ろす。

「……ふぅ、危なかった。ギリギリセーフだった」

「いや、どっちかと言えばアウトだったような気も……」

「ん？　何か言った、霧島？　元はと言えば誰のせいだと思ってんの？（にこっ）」

「い、いいえ、何でもありません！」

怖っ！　なんで俺の周りにいる女の子は、笑顔で圧をかけてこられるんだよ！

そんなことを思いながらも——
氷川先生が去っていく寸前に、ぷくぅぅぅぅと、不機嫌そうに頬を膨らませていたのがやはり気になったのだった。

そして案の定、その懸念は現実となって現れた。

「霧島くん、あなたに頼みたいことがあります。国語準備室についてきてくれますか？」

そして、それから数十分後——ＨＲ終了後。

そんなご指名によって、俺は氷川先生に呼び出された。

といっても、本当に何か用事があるわけではないと思う。

氷川先生が大概「用がある」と言ってくるときには、ちょっと二人きりになりたいときが多いからだ。

といっても、教師モードのときの氷川先生の言い方じゃ「ちょっと面貸せやオラッ」としか思えないんだけどな。

俺は、先に教室から出て行った氷川先生の後を追いかけていく。

「霧島くん、入ってください」

国語準備室に辿り着くと、氷川先生は扉を開けながら手でそう促した。

導かれるままに、俺は準備室の中に入る。

そうすると、扉を閉めながら、氷川先生は口を開く。

「……、………」

が、その桜色の唇から何か意味のある音が出てくることはなかった。

何度も、パクパクとしているだけだ。何かを言おうとしていることは伝わってくるのだが、その度に躊躇うような表情をつくって、結局、言葉が紡がれることはない。

「……あの、氷川先生どうかしました？」

そう訊ねてみても、氷川先生はぷいっと顔を背けるだけだ。

いったい、どうしたんだ？

思い当たることと言えば、さっきの夏希の件だが……え、なんか呼び出されるほどのことがあったか？　でも、タイミング的に考えたらそれしかないよな……

確信はないが、そう思っていると――

しばしの間の後、氷川先生は視線を逸らしたままボソッと。

「その……き、霧島くんは夏希さんとどんな関係なの？」

「え？」

「そ、その、教師としてねっ。教師として気になってるんだけどねっ。その……霧島くんと夏希さんはどんな関係なんだろうって」

言ってから、じぃぃぃと見つめてくる氷川先生。

その瞳の中の光は、不安げに揺れていて。

……こ、これは、もしかしてあれなのか？　もしかして、俺と夏希の仲を勘違いして嫉妬してたり……するのか？

だとするならば、その勘違いはすぐに正さなければいけない。

俺は慌てて言う。

「あ、あの、氷川先生？　その……俺と夏希の仲を勘違いしてるなら、違いますから。あいつとは何でもありませんからっ」

「……そ、そうなの？　夏希さんは霧島くんと仲が良いって言ってたけど……」

「あ、いや、それは……」

しまった！　思わず本当のことを言ってしまった！

でも、ここで「実はあれ嘘だったんです」って言うのもなぁ……くそっ、どうすりゃいいんだ？

仕方なく、俺は何となく誤魔化す方向で行く。

「あれは、その……あいつが勝手に言ってるっていうか。友達なんですけど、まだそんなに仲が良くないっていうか」

「？　それってどういうこと……？」

「と、とにかく！　あいつとは何でもありません！　その証拠に氷川先生が止めろって言うなら、俺、いくらでも夏希とは距離を置きますから！」

「い、いやいやいやいや！　ち、違うから！　別に、私、そういうことが言いたいわけじゃないから！」

俺がそう提案すると、氷川先生は慌てたようにぶんぶんと手を振った。

「だ、だいたい、彼氏の交友関係に口を出すような重い女にはなりたくないし……だ、だからねっ。本当にそういうわけじゃなくてねっ」

「その……友達ができて良かったね、って言いたかったの」

穏やかな微笑とともに、氷川先生はそっと囁くようにそう言った。

「だ、だから、その……私としては、むしろ霧島くんには夏希さんともっと仲良くして欲しいかな」

「えっ？　な、夏希と仲良くして欲しい……ですか？」

その予想だにしなかった言葉に問い返すと、氷川先生はこくりと頷いて。

「う、うん。だって、その……やっとできた君の友達なんでしょ？」

いや、本当は違いますけど。それどころか、俺、脅されてるんですけど。

そう言いたかったが、もちろん口にはできない。

俺が微妙な顔をしていると、氷川先生はふわりと微笑んで。

「それなら、仲良くして欲しいかな。高校生活において、友達と一緒にいられる経験っていうのはやっぱりかけがえのないものだと、私は思うから」

「氷川、先生……」

「それに、霧島くんに友達がいないってことを知ったときからずっと心配だったし。この前、目標うんぬんとは言ったけど……普通に、君には友達は大事にして欲しいかな。だから、わざと距離を取ったりとか、そんな私への気遣いはしなくていいからね？　ま、まあ、ちょっと近いっていうか、スキンシップをしすぎだなぁとは思うけど……で、でも、あれぐらい当たり前なのかな……」

「えっ？」

「な、なんでもない！　と、とにかく！　私は、君と夏希さんが仲良くしていても面白くないなんて思わないから」

そう言葉を紡いで、氷川先生はにこやかに微笑む。

「——だって、私は君の先生だから。だから、全力で友達との時間を楽しんで」

「はい、わかりました」

今のところ、夏希とは友達とは言えないかもしれないが。

でも、確かに、俺はそういう交友関係を広げていくべきなのかもしれない。

氷川先生の言葉に、俺は何も疑うことなく従順に頷く。

だからか。

「…………っ」

最後に、氷川先生が一瞬(いっしゅん)だけ見せた苦しそうな顔なんて、自分の気のせいだと思ってすぐに忘れてしまったのだった。


【中間テスト終了まで、残り十六日】

第六章

「ねえ、霧島。今度の土曜日、わたしと付き合って」

「………は？」

夏希の秘密を知ってから少し経った後——とある金曜日の放課後。

五限の授業が終わった後、夏希に「霧島！　そういえば、わたしにまた進路相談がある
って言ってたけど、なになに？」と約束もしていない用事で引きずられていった直後の台
詞だった。

「あっ、もしかして用事とかある？　それならいいんだけど」

「いや、用事はないんだけど……」

「じゃあ、決まりね。明日、十一時に横浜駅の相鉄線のところの交番前で。よろしくね」

「ちょ、ちょっと待て！　何の約束だよ！　しかも、なんで俺が了承する前提なんだよ！」

「え、なんで？　もちろん来るでしょ？」

「い、いや、もちろん来るでしょって言われても……」

そもそも、俺、氷川先生と付き合ってるから行けるわけないし。

などとは、流石に夏希には言えない。

かといって、名前をぼかしつつも女の子と付き合ってると言ったら、俺、ボロ出しそうだしなぁ……ま、不味い。どうすりゃいいんだ？

俺がそんな風に迷っていると、夏希はちらっと鋭い視線で一瞥してきながら。

「言っとくけど、あんたに拒否権はないから。霧島、あんたが誰の弱みを握ってるか理解してんの？　少しぐらい、わたしの我儘を聞いてくれてもいいでしょ？」

「どう考えても弱み握られてるやつの台詞じゃねぇよ！」

しかも、拒否権がない、って言ってる割には俺の予定とか考慮してくれてるしさ。

本当は優しいやつなのだと思う……多分だけどな。

「っていうか、それに強制力があると思ってんのか？　弱み握ってるのは、俺の方なんだぞ？　もし、夏希が俺に何かをするつもりなら、その弱みをバラしたって――」

「でも、霧島はそんなことしないでしょ？」

「う」

夏希が至極当然のように言ってくるのに、俺は固まった。

そう、その通りだ。俺にはそんなことをするつもりは、これっぽちもない。

「だって、あんた、わたしのファンみたいだし。特に嘘を言ってる様子もなかったみたいだし。だから、万が一でもわたしが書けなくなるようなことはしないはず。ま、馬鹿だから、うっかり言っちゃう可能性はあるかもしれないけど」

「おい」

「まー、でも、確かに霧島としては旨味がないのもあれか。じゃ、付き合ってくれたら、わたしが特別にサインしてあげるっていうのはどう？　霧島、欲しがってたでしょ？」

「えっ？　ま、マジか⁉」

　それは確かに欲しい！

　これまで、ヘルブラッド先生ってサイン会とか開いたことないしなぁ……ファンの一人としては、もちろん欲しいに決まっている。

　でも、氷川先生のことを考えたらやっぱり行けるわけがなくて――

「じゃ、そういうことで。わたし、部活があるからもう行くね」

「ちょ、ちょっと待てって！　俺、まだ行くとは言ってない――」

「もし、急に行けなくなったりしたら連絡して！」

　そう言い捨てて、夏希は部活に向かって駆け出して行ったのだった。

「……って、俺、夏希の連絡先知らないじゃん」

そんなことを今更ながら思い出したのは、それから数分後のことだった。

クラスが変わった当初、二年二組用のＬＩＮＥのグループをつくってたみたいだったから、夏希は俺が当然そこに入ってると思ってんだろうけどさ……俺、誰にも誘われてないんだよなぁ。

「ヤバい。これ、割と詰んでないか……？」

最悪、部活しているところに割って入っていこうと思ったが、今日は別の場所で練習しているのかグラウンドにはいなかった。つまり、明日までに夏希と接触する手段は一切ないってことだ。

「あー、どうすりゃいいんだ……」

氷川先生は、「夏希ともっと仲良くして欲しい」と言っていた。

だから、今回のお出かけ（？）が全く駄目ってことはないだろうが……でも、それとこれとは違うかもしれないし、個人的にはそれはやっぱ違うと思っちゃうしなぁ。

かといって、ドタキャンする勇気もない。いや、最初から同意した覚えがないから厳密にはキャンセルじゃないんだけど。

ちくしょう、どうすりゃいいんだよ。

こうなったら、誰かに相談してみるしかないのか？

自分には良い解決方法が思いつけないときには、大抵視野が狭くなってるときだしな。

それなら、こういう場面にぴったりの、色んなことをなあなあにする天才に相談するのが一番だ。

きっと、最高の答えが返ってくるはず！

そういうわけで――木乃葉に電話だ！


『え？　氷川先生にお金でも渡して許してもらえばいいんじゃないですか？』

そして、最低の答えが返ってきた。

え、ええ……よりにもよって、お金……？

いくらなんでも、その答えはないんじゃないの？

そう言うと、木乃葉は不思議そうに。

『え？　でも、みんなお金好きですよね？　拓也さんだって貰ったら嬉しいですよね？』

「そりゃそうかもしれないけどさ！」

でも、なんか違うんだよ！

なんか考え得る限り最悪な行動な気がするんだよ、それ！

「そもそも、俺が相談したのは『夏希との約束をなかったことにする方法』であって『氷川先生に対して誤魔化す方法』じゃねぇんだよ。そ、それに、どうせそんなことするならせめてドラマみたいにしようぜ。なんかイイ雰囲気で、誠実な自分の気持ちを伝えるって言うかさ」

『ドラマでもやってますよ？「お代官様、こちらをどうぞ」「ふふっ、お主も悪よのぉ」って』

「俺が想定してるドラマと、ジャンルが違ぇんだけど⁉」

『でも、これぐらいしないと何も解決しないと思いますよ？　まさか拓也さん、自分の気持ちとか、そんな目に見えないもので何とか解決しようとしてたんですか？』

「うっ……」

そう言われると辛い。凄く辛い。

何故って、まさにそうしようと考えていたからだ。

だ、駄目なのか？　お金よりはよっぽど良い気がするんだけど、これって駄目なのか？

『言っておきますけど、そんなの全然駄目ですからね』

俺の思考を読み取ったかのように、木乃葉は電話越しにダメ出ししてきた。

『いいですか、拓也さん。気持ちなんて測定できるものじゃないんです。そんなことが出来るのは、映画とかアニメとかの世界だけなんですから』

「まあ、そりゃあな……」

『だから、想いの強さを証明するためにはやっぱり贈り物とかしないと。そうじゃないとどれだけ想ってても、その強さは伝わらないんです。だって、拓也さん、彼女がいるのに他の女と二人で出かけようとしてるんですよ？　これで何もなかったら、浮気の前兆と取られても責められませんよ？　てか、私だったら絶対に許しませんね』

「そ、それは……」

『しかし！　ここで、お金を渡せばそれも全て解決すること間違いなし！　きっと、氷川先生も許してくれるはずです！』

「ほんとか⁉　俺、状況を悪化させるような気しかしないんだけど⁉」

『少なくとも、私は、彼氏が別の女の子と一夜帰ってこなかったとしても、五万くれれば許します』

「いいの⁉　お前、それ五万くれれば許すんだ⁉」

実は、お前、かなり懐が深いやつなんじゃないの？

『というわけで、拓也さん。氷川先生を札束の暴力でぶっ叩きに行きましょう！』

「言い方！　っていうか、俺は絶対にそんなことしないからな！」

俺は電話越しに向かって叫んだ。

とは言ったものの……

「ん。どうしたの、霧島くん？　さっきから勉強する手が止まってるけど……もしかして調子悪い？」

「い、いえ、大丈夫です」

夜。自宅。

氷川先生に一対一で勉強を見てもらっていたが……さっきから挙動不審な反応を見せたからか、彼女に心配されてしまった。

だけど……ううっ、これからのことを想像するとやっぱり心が痛い。

なにせ、結局、俺は木乃葉の案を採用してしまったのだから。

くそっ——でも、やるしかないんだ！

それなら覚悟を決めろ、俺！　精一杯伝えればきっとわかってくれるさ！

そう決意すると、俺は背筋を伸ばして居住まいを正す。

「あ、あの、氷川先生！」

「ん？　なあに、霧島くん？」

「じ、実は、氷川先生に渡したいものがあって……こ、これをどうぞ！」

「なあに、これ？　――って、ふぇ……あっ、わあっわあっ！　こ、これ、私が気になってたアニメのブルーレイボックス⁉　そして、こっちは駅前で噂になってるケーキ屋さんのケーキ⁉」

　氷川先生はモンハンでレア素材を偶然手に入れてしまったときのように、目をキラキラと輝かせた。

「え？　ど、どうしたのこれ⁉　今日、私の誕生日じゃないよ⁉」

「そ、その……日頃の感謝の気持ちと言いますか……」

「えっ、え？　日頃の感謝の気持ちって……で、でも、わ、私、霧島くんからこんな素敵なものをプレゼントしてもらえるようなこと何にもしてないよ⁉」

「そんなことはないです。俺、氷川先生には本当にいつもお世話になってると思ってますから」

　その気持ちだけは、嘘ではない。

　この勉強合宿だって、氷川先生のおかげで成り立ってるものだしな。

「そ、そっか。それなら、ありがたくもらおうかな……えへへ」

ぎゅーっと大切そうにブルーレイボックスを抱きしめて、氷川先生は口元を緩める。

そう、俺が氷川先生に感じている感謝は嘘ではない。

嘘ではないんだけど……ううっ、そんなに喜ばれると罪悪感が！　この後の話がすげーしづらい！

しかし、何とか意を決すると、俺は恐る恐る話を切り出す。

「そ、それでですね……その、氷川先生にちょっと相談っていうか、お願いしたいことがあるんですけど……」

「え」

俺がおずおずと見上げると、氷川先生はぴたりと固まった。

それから、抱きしめていたブルーレイボックスに視線を落として。

「そ、そっか。そうだよね。霧島くんが急にプレゼントをくれるから、びっくりしたけど……そ、そういうことだったんだ」

「ち、違いますからね!?　べ、別に何か要求を飲んでもらうためにプレゼントしたわけじゃなくてですね！　いえ、そういう一面も確かにがっつりあるのかもしれませんけど――」

「で、でも、私、三百万ぐらいしか貸せないからね？」

「俺、どんなお願いをすると思われてるんですか⁉」

三百万って！　三百万って！

高校生がお願いする額じゃねーだろ！

「あれ、違うの？　てっきり、ガチャで欲しい子がいるからお金を貸してって相談だと思ったんだけど……」

「一人の子に三百万かけるぐらい運が悪いなら、そいつはそのゲームを止めるべきですよ！　絶対にソシャゲに向いてません！　稼ぎが尋常じゃないぐらいあるなら、ともかくとしても！」

「…………………………………………ソ、ソウダネ」

「氷川先生⁉」

マジで⁉　もしかしてマジでやってんのか、氷川先生⁉

一人の子に数百万って流石にヤバくないか⁉　え、だって、それって明らかにそのゲームには天井ないよな⁉　宝具5にでもしたかったの⁉

「えっ？　で、でも、それならどんな相談なの？　こんな素敵なプレゼントをもらえるぐらいだから、もしかしてもっと凄いお願いなの……？」

「ち、違いますから！　いや、凄さのレベルはわかりませんけど、そのっ」

言って。

俺は途端にトーンダウンすると、氷川先生の顔をおずおずと覗き込みながら。

「そ、その……夏希と一緒に出かける約束……みたいなことを、してしまいまして……」

「…………………………………………………………ふ～～～～～ん」

たっぷりと間を取った後。

氷川先生は腑に落ちないような声を漏らしながら、すっと目を細めた。

その視線は、教師モードのときのように絶対零度のそれと同等。

それから、氷川先生はぷいっと横を向くと頬をちょっぴり膨らませて。

「……霧島くん、夏希さんとデートに行くんだ」

「ち、違いますよ！　べ、別にデートってわけじゃなくてですね――」

「私とは、なかなか外へのデートに行けないのに……別の子と行くんだ」

「うっ」

「や、やっぱり、霧島くんは女子高生がいいんでしょっ」

「やっぱりってどういうことですか!?」

俺が声をあげると、氷川先生は顔をほんのりと赤らめながら。

「だ、だってっ。この間、君のパソコン借りて検索しようとしたとき、そういう検索候補がたくさん出てきたんだもんっ。そ、そういうの疑っても仕方ないでしょ」

「あ、あれは、違います！　あれはなんつーかちょっと興味本位とか、ちょっと気になっただけで！　別に全然そういうつもりじゃ――」

「『女子高生　ブルマ』で検索してたけど？」

「っ」

「その……霧島くん、ブルマが好きなの？」

「ち、違いますからね！」

本当に違うんだよあれは！

アニメで時々ブルマを穿いた女子高生とか出てくるじゃん！　でも、周りじゃそんな姿一つも見ないから、いつぐらいにあったものなんだろうって思って調べてただけなんだよ！　ほ、本当にそれだけなんだよ！

俺は「あれは違うんです。お願いします信じてください」と頭を下げる。

すると、氷川先生はぷっと堪えきれないといったように噴き出して。

「……ふ、ふふっ。じょ、冗談だって霧島くんっ。大丈夫、安心して。私は全部わかってるから」

「…………え？」

俺が顔を上げると、氷川先生は目尻に浮かんだ涙を指で拭いながら。

「前にも言ったでしょ？　君には夏希さんと仲良くして欲しいって思ってるって。だから、私は別に二人で出かけるぐらい何とも思わないよ？　まあ、確かに私は霧島くんと外にデートは全然行けてないなーとは思ってるけど、それは教師と生徒である以上仕方ないし。だから、私のことは全然気にしないで楽しんできて」

「氷川先生……」

「で、でも、パソコンの履歴には気をつけてねっ。その……見つけちゃったこっちも恥ずかしくなるから」

「はい！　以後、気をつけます！」

俺は全力で頭を下げる。

それを見て、氷川先生は恥ずかしそうに付け加える。

「そ、それでね。ちょっと、履歴の中にあったので気になったんだけど……『教師　タイツ』ってなに？」

「俺が悪かったんでもうやめてくれませんか!?」

というわけで、土曜日。

氷川先生からのお許しが出たため、俺は横浜駅の相鉄線入口にある交番前で立っていた。

周囲には、俺と同じように誰かを待っている人がたくさんいる。だが、その一方で、俺の近くには誰一人としていなかった。心なしか、交番の中から警官にも見られてる気がする。……俺、そんなに犯罪とかやらかしそうに見えますかね。

と、それから待つこと数分。

「おはよ、霧島」

学校とは似ても似つかぬローテンションで声をかけてきたのは、夏希だった。

夏希は待ち合わせ場所に着くなり、俺のことをじろじろと見てきて。

「ふーん……ま、一応、合格かな」

「な、なんだよ、合格って」

「あんたの服装のこと。あまりにダサかったら、一緒に歩きたくないでしょ」

「お前が誘ったのに、そういうこと言うか？」

まあ、でも、その辺は抜かりない。

一応、家から出る前に、氷川先生からのチェックが入ったしな。

けど、そう言うだけあって、夏希も可愛らしい格好をしている。

パンツスタイルで、Tシャツの上にカーディガンを羽織っていた。あとは、ヒールがある靴なのかいつもより背が高くなっているように思える。あとは、まあ、イヤリングかピアスかわからないがアクセサリーなどをつけていたりする。他にも色々とあるんだろうが、俺にもわかるのはこれぐらいだ。

「で、今日はどこに行くんだ？」

俺たちは横浜駅から電車に乗って都内へと向かう。

その途中で訊ねると、夏希はきょとんと首を傾げて。

「あれ、言ってなかったっけ？　あ、あんた、それで本当によく来たね……」

「本当にな！」

そして、なんでお前は少し引いてるんだ。

せっかく氷川先生に拝み倒して来たのに……なんか納得いかないんだけど。

「まあ、たいしたところじゃないから、そんな気負わなくていいよ。だって、わたしの家に行くだけだし」

「へぇー、夏希の家か。それなら確かにたいしたことない……って、はい？」

今、なんて言った？

お、俺の聞き間違いだよな？

しかし、そんな俺の反応を見て、夏希は呆れたように。

「だから、わたしの家に行くだけって言ってんだけど？」

「聞き間違いじゃなかった!?　って、ちょっと待て!?　なんで、そんなことになってんだよ！」

「し、仕方ないでしょっ。わ、わたしだって本当のことを言えば、霧島なんか家に入れたくないけどっ……で、でも、新シリーズのためには必要なことだから。だから、仕方なく家にあげるって言ってんのっ」

「さっきから何一つとして意味わかんねぇんだけど！　……って、新シリーズ？」

その言葉は聞き逃せずに問いかけると、夏希はこくりと頷いて。

「そ、新シリーズ。わたし、今度新シリーズ出すことになったの」

「ま、マジで!?　ヘルブラッド先生の新シリーズ!?　え？　い、いつ出るんだ!?」

「ちょ、霧島、その名前で呼ぶなって言ったでしょ！　つか、ここ街中！」

「わ、悪い、興奮してつい」

けど、ヘルブラッド先生の新シリーズなんて！

そんなの驚かないわけないだろ！

「いつ出るかは……ま、これぐらいは言っていいか。発売自体は一応夏中にはすると思う。

多分、八月頃じゃない？」

「へ、へぇー。八月には、ヘル……マキナ先生の新シリーズが読めるのか。……あれ？　でも、そうなると原稿の締め切りってそろそろなんじゃ……？」

「へぇー、霧島、勘が良いんだね。そ、原稿の締め切りはだいたい今月かな」

「はぁ!?　今月!?」

それは、流石に無理なんじゃないのか？

今月っていっても、残り二週間ぐらいしかないぞ？　え？　わからないけど、それで書けるものなのか!?

「今月って……大丈夫なのか？　中間テストもあるんだぜ」

「今のところ順調だし、書くのは早い方だから大丈夫。でも、問題があって……まだちょっと固まってないところがあるから、ちょっと霧島に原稿を読んでみてもらいたいの。自分で読んでても、だんだんとわかんなくなってきちゃって」

「だから、俺を呼んだってことか……」

夏希がラノベ作家であることを明かしたのって……多分、俺だけだろうしな。

元々、夏希も作家業をやっていることはずっと隠すつもりだったみたいだし。

ただ、そうなってくると幾つか疑問が浮かんでくる。

「けど、俺が読んでも何も専門的なことは言えないぞ？　それに、そういうのって編集さんがやってくれるもんじゃないのか？」

「別に、専門的なことは言わなくていいから。っていうか、むしろ普通の感想を言ってくれる方がわたしとしてはありがたいかな。そっちの方が読者の生の声に近いし」

「な、なるほどな。そういうもんか」

「そ。わたしに至っては改稿を何回もしてるから、冷静な目で見れてなくてさ。で、霧島が言ってた二つ目の疑問の方なんだけど……実は、担当編集のレスポンスがちょっと遅くてさ。人気作品をたくさん担当してる人だから、わたしみたいな新人は後回しされがちなんだよね」

　言いながら、夏希が幾つかの作品名を挙げる。

　それは、アニメ化やコミカライズをしている、俺でも当たり前のように知っている作品たちばかりだった。

「わたしとしては特に不満は持ってないんだけど……でも、時間が足りない状況だとやっぱりすぐに見てもらいたいし。だから、あんたにそれを頼みたいの。ってなわけで、変な勘違いしないでよ？」

「わかってるよ」

「一応、そんなにはあげられないけど、お金も出すつもりだから」

「マジで⁉」

俺が目を見開くと、夏希は指を何本か出して。

「ま、だいたいこれぐらいかな。単位はもちろん『万』で。その代わり、真剣に読んで忌憚ない意見を言ってね」

「あ、ああ……まあ、そこまでされたら、ちゃんとやるけどさ」

といっても、流石にお金を貰ったりはしないけどな。

ヘルブラッド先生の原稿がタダで読めるっていうのに、これ以上、報酬を貰うなんて贅沢すぎだ。

でも、それぐらい、夏希も真剣なんだろう。

「で、最後に聞きたいんだけど……なんで、夏希の家なんだ？」

他の場所でも良くないか？

そんな疑問を口にすると、夏希は頬をほんのりと赤らめて。

それから、ボソボソと小声で言う。

「だ、だって、他人に原稿読まれるなんて恥ずかしいじゃん。だから、出来る限り霧島以外に読まれないように家でやるの」

「でも、夏希、前に学校に原稿持ってきてなかったっけ？」

「あれは、校正作業が切羽詰まってたから特例。基本的には、わたしは人の目に触れるところでは紙の原稿は広げたくないの。わ、わかった？」

言って、夏希はむっと睨んでくる。

その表情を見て、夏希の決意が固いことを察して――

「わかった、お前の言う通りにするよ」

俺は抵抗することを諦めたのだった。


そういうわけで。

横浜駅から電車で十数分行ったところにある閑静な住宅街を、俺は夏希とともに歩いていた。

パッと見る限りでは、高級住宅街っぽい。

こんなところに住んでるってことは、夏希って育ちが良かったりするのか？

「ここが、わたしの家」

駅から歩くこと十分。

俺たちが辿り着いたのは、落ち着いた雰囲気の一軒家だった。

門を開けながら、夏希はチラッとこちらを向きながら言ってくる。

「あ、今日、両親はどっちともいないから」

「え？」

「気負わなくていいでしょ？　ま、わたしとしてもそっちの方が都合いいしね」

後半よくわからないことを言う夏希。

……って、ちょっと待て。

両親いないのっていいのか？　そ、それって大丈夫なのか？

確かに、相手の親とかいたら気まずいけどさ。

ってか、今更だけど、そもそも女の子の家に入るっていいのか？　確かに、氷川先生にはお出かけの許可を貰ったけど、家に入るのはなんか違う気がするんだけど……

しかし、迷う暇はもらえなかった。

「霧島、なんで門の前でぼぉーっと突っ立ってんの？　早く中に入って」

「あ、ああ」

俺は頷く。……もう、ここまで来たら中に入るしかないか。

諦観の念を抱きながらも、俺は夏希に促されるままに家の中に入る。

そうすると、夏希は二階へと続く階段を指差しながら。

「霧島、先に二階に行ってて。二階にある部屋が、わたしの部屋だから」

「お、おう……で、夏希はどうするんだ？」

「わたしは色々と準備してから上に行くから。だから、先に中に入ってて」

その言葉に従い、俺は先に二階に上がる。

で、『陽菜（ひな）』と書かれたプレートが下がっていた部屋の中に入っていたんだけど……

「……お、落ち着かない」

俺は所在がなく、ひたすらにきょろきょろしていた。

氷川先生の部屋に入ったことはあるが……それとは全く違う感覚だ。

だって、氷川先生の部屋は良くも悪くもオタク部屋だったからな。ドキドキはしていたが、落ち着くのは比較的（ひかくてき）早かった気がする。

それに対して、夏希の部屋はオタクという要素が徹底的（てっていてき）に排除（はいじょ）されているように思える。

なんか、普通の女の子の部屋って感じだ。

まあ、同級生の友達なんかが遊びに来るから、オタクだと公言してない夏希としては当然なんだろうけど……うーん、なんか違和感（いわかん）があるんだよな。排除の徹底さの真剣具合とでも言ったらいいのだろうか。感覚的だが、ちょっとしたオタクグッズすらなくて、まるで、家族全員に——あるいは、家族の誰かにオタクであることを隠しているようだ。

と。

「あれ？　あれあれあれ？　あなた、どちら様？　もしかして、陽菜ちゃんの彼氏？」

目をキラキラと輝かせながら、部屋の中に入ってきたのは美人なお姉さんだった。

ふんわりとした優しそうな雰囲気を纏っている。

この女性とは、初めて出会ったはずだ。

だというのに、どこかで出会った気がして……って、あっ。もしかして、夏希のお姉さんなのか？　それなら色々と説明がつく気がする。見覚えがあるというのは、夏希のお姉さんなら納得だし。さっき、夏希は親はいないと言ったが——お姉さんはいないとは言ってない。とんちっぽいが、それが正しそうだ。

「い、いや、俺は夏希さんの彼氏じゃなくて……なんというか、友達っていうか。あっ、名前は霧島って言います」

「霧島くんね、覚えておくね……でも、彼氏じゃないのは意外ね。陽菜ちゃん、これまで男の子を家にあげたことないのに」

「え？　そ、そうなんですか？」

「うん。だから、あなた、陽菜ちゃんに気に入られてるのかもね」

いや、それは違うと思いますよ。

俺、あなたの妹さんに脅されてますし。

「でも、陽菜ちゃんが家に男の子を連れてきて嬉しいなあ……しかも、顔つきなんてうちの夫にそっくり」

「そ、そうなんですね」

夏希（姉）の旦那さんも、俺みたいな顔つきしてるなら苦労してそうだな……

怖い目つきあるあるとかで、盛り上がれそうだ。

「あっ、そうだ。霧島くん。陽菜ちゃんの中学校のときの動画とか見てみる？」

「ちゅ、中学生のときの動画ですか？　え、そんなの、俺が見てもいいんですかっ？」

「大丈夫大丈夫。夫と同じタイプで、霧島くんは信用できそうだし。それに、陽菜ちゃんとっても可愛いんだから。ほら」

そう言いながら、夏希のお姉さんは俺にスマホを向けてくる。

すると、その画面には、今よりちょっぴり幼い夏希が映っていた。

ただし、格好は普通じゃない。真紅のドレスに、眼帯、紅蓮色のカラーコンタクト、腕に巻いた包帯……などなど、なんつーか属性盛り盛りのロイヤルストレートフラッシュみたいな格好だ。

　そして動画の中で、夏希はキザなポーズを取ると不敵な笑みとともに、階下まで届きそうな大音量で喋り始める。

『……くふっ。わたしの名前は【紅血の劫火姫】。表ではあまり知られておりませんが、裏では【葬儀屋】として知られた者です。普段はこうして依頼を請け負わないのですが、貴方に供物を捧げられたからにはわたしも動かないわけには――』

「うわあああ！」

　そこで。

　夏希が絶叫しながら、ドタタタタタタと階段を駆け上がってきた。

　それを見て、夏希（姉）がにっこりと笑いながら言う。

「あっ、陽菜ちゃん。今ね、霧島くんに、陽菜ちゃんがインフェルノさんの物真似をしてるときの動画を見せてあげてたの」

「何してくれてんの何してくれてんのっっっ！　ってか、インフェルノさんじゃないから！　インフェルノ＝サン！　〈業火の太陽〉のことを言い表した名前で人の名前じゃないって何回も言ってるじゃん！　じゃなくて！　なんでお母さん帰ってきてるの⁉」

「お母さん⁉」

え、嘘、マジで⁉

この凄く若くて綺麗なお姉さんがお母さんなの⁉　なんかバグってない⁉

夏希（姉）——改め、夏希（母）は人懐っこい笑顔とともに、ぺこりと頭を下げる。

「どうも初めて、陽菜ちゃんの母です。よろしくね」

「あ。初めてまして、えっと……霧島拓也です」

「そういうのいいから！　っていうか、お母さん今日いなかったんじゃなかったの⁉」

「実は、その予定なくなっちゃって。だから、帰ってきちゃった☆」

「帰ってきちゃった☆　じゃないから！　それなら、あっち行っててよ！」

「えー。でも、まだ霧島くんに陽菜ちゃんの可愛い動画を全部見せてないのに——」

「あっち！　行ってて！　ほんと、お願いだから！」

夏希はぐいぐいと夏希母の背中を押して部屋から追い出すと、バタンと扉を閉めた。

ふーふーっと、怒りを吐き出すように荒い呼吸を繰り返す夏希。

それから、こっちを向いて。

「ねえ、霧島？」

優しい声音だった。

さっきまで凄い剣幕で叫んでいたくせに、物凄く穏やかな笑顔だった。

「霧島は……言ったりしないよね？」

完璧な笑顔なのに、途轍もない圧力を感じる。

何をとは明言していなかったが、だいたい予測はできた。

まあ、別に隠してやる義理はないのだが、それでも誰にでも人には知られたくない秘密があるのはわかる。

だから、俺は笑顔で言う。

「ああ、わかってるよ。もちろん誰にも言ったりはしないぜ、インフェルノさん」

「あんた絶対わかってないでしょっっ！」

夏希が涙目で叫んだ。


「……というか、なんであんな名前をつけたんだ？」

それから数分後。夏希が落ち着いた頃。

俺が問うと、夏希はにっこりと笑顔をつくって。

「え？　なにー、霧島ー？　さっきの話、また蒸し返すつもりー？　霧島を社会的に殺してもいいんだよー？」

怖っ！　笑顔で何言ってんだよ、こいつ！

それにしても、夏希ならマジで出来そうなのが恐怖を更に煽っている。

「い、いや、そうじゃなくてさ！　ペンネームだってそんな感じの名前だろ？　だから、ちょっと気になってさ」

「……霧島、どっちにしろ、よくぞその話を振ってくれたね」

「ひっ」

夏希はぎりっと歯軋りしながら身体を震わせていた。

苛立たしげに表情を歪め、夏希はぷりぷりと怒る。

「霧島！　いい？　聞いて！　そもそも、わたしだってこんなペンネームでやりたくなかったの！」

「で、でも、夏希がそのペンネームで賞か何かに出したんだろ？」

「ううん。わたしは賞には出してない。Ｗｅｂで好き勝手に公開してたら、お母さんが勝手に応募してたの。そしたら、なんか偶然賞を取っちゃって」

「なんだよ、その、友達の付き添いでオーディション行ったら受かっちゃったみたいな体験談」

そ、そんなことあるんだな……。

けど、あの破天荒なお母さんなら納得してしまうのが不思議だ。

「そのときに、お母さんが変なペンネームで応募してて……なーにが『陽菜ちゃんの文章に出てくるキャラっぽい名前にしておいたからね』よ!? わたしだったらあんなだっさい名前をつけてない！ わたしだったら、マキナ・インフェルノ・ヘルブラッドとか、統一感ない名前にしないし！ どうせなら、全部炎系とか赤系でまとめるし！」

「それだと、結局、インフェルノさんとそんなに変わらないと思うけど？」

「でも、それだけならまだ許せるの」

夏希は怒りのせいか手を震わせながら語る。

「そう、それだけならまだ取り返せたの。新年会とかで『インフェルノ・ヘルブラッド先生じゃないですかｗｗｗ』とか言ってウザ絡みしてくる同期作家に我慢するだけで良かったの。なのに、なのに、わたしの担当編集が～～～～～～～～!!」

「ど、どうしたんだ……？」

「あの人、にこやかに笑いながら言いやがったのよ！ 『そのペンネームはこのまま行きましょう。このラノベ飽和時代には、それぐらい目立とうとする意識が大事です。こんな格好良い名前、変えるのはもったいない……ふふっ』って」

「既に、回想時点で笑ってんじゃねーか」

その時点で騙されてることに気づこうぜ。

「で、夏希はそれを信じてしまったと」

「……う、うん、それはね」

そこは、自分にも非があると思っているのか自信なさげに頷く夏希。

「で、でも、そうやって騙してくる方が悪いと思わないっ？　ねぇ、あんたもそう思うでしょ？　当時、私、中三だったんだよっ？」

「う、うーん」

俺としてはどっちもどっちな気がするんだけど……そう言ったら、絶対に怒るよなぁ。

「と、とにかく、そういうことだから。金輪際、その話はもうさせないで」

そう言った後に、夏希は机の引き出しを開けると奥の方をごそごそと漁った。

それから分厚い紙の束を幾つも取り出してくると、俺に手渡してくる。

「はい、それが原稿。読んでもらってもいい？」

「ああ、いいけど……こんな量ならすぐには読めないと思うぞ？　最低でも数時間はくれないと」

「いいよ。じゃ、それまで待ってるから」

夏希は頭を下げてくる。

「それじゃ、霧島お願いね」

ぺらっ。カタカタ。ぺらっ。カタカタ。

俺が原稿を捲る音と、夏希がタブレットのキーボードを叩く音が響く。

「ふぅ……」

全て読み終えると、俺は小さく息を吐き出した。

「ど、どうだった？」

それを見て、夏希が恐る恐る訊ねてくる。

それに、俺は答える。

「面白かったよ。やっぱ、流石、ヘルブラッド先生って感じだ」

「そ、そうっ。そっか」

夏希が小さく笑みを溢す。

ペンネームで呼ばれてるのに、それに反応しないぐらい喜んでるみたいだ。

「今回は、ファンタジーじゃなくて青春ラブコメなんだな」

「うん。そう、そうなんだよね。やっぱ、わたしたち高校生じゃん？　だから、今だからこそ書けるものっていうか——そういう普通の青春ラブコメが書きたくて」

「なるほど。だから、普通っぽい男子高校生と女の子との恋って感じなのか」

「うんっ。何気ないお隣さんの女の子とのやり取りとか。一見、地味だけど心温まるエピソードが書きたかったんだよね」

「なるほどなるほど、やっぱそうだよな」

ということは……これは、無意識なのか。

うーん、どうする？

俺みたいな素人にはわからない考えがあるのかと思ってたけど、どうやらそうじゃないみたいだしなぁ。

忌憚ない意見とも言われたし……仕方ない。言うだけ言ってみるか。

「えーっと、それでなんだけど。俺みたいな素人が夏希みたいなプロに言うのは、ちょっとおこがましいかもしれないんだけど……ちょっと気になったところがあって」

「ん？　どこどこ？　あんたのそういう意見が聞きたいの。霧島、ぜひ教えて」

夏希が真剣な顔つきで言ってくる。

じゃ、遠慮なく。

俺は原稿のある箇所を指差しながら言う。

「えーっと、この箇所についてなんだけど」

「あー、それ？　主人公の登場シーンね。それがどうしたの？」

「えーっと……この主人公、普通の男子高校生設定だよな？　なんで**周囲の認識を変える能力**なんて持ってんだ？」

「あー、そこね」

よくぞ気付いてくれました、みたいな顔をして、夏希はしたり顔で語る。

「霧島、ラノベを読んでて妙に主人公の顔がイケメンだなって思ったこととかない？　設定が別にイケメンってわけでもないのにさ」

「ま、まあ、言いたいことはわかるけど……」

でも、ラノベってだいたいそんな感じじゃないっけ？

「やっぱ現実に即した青春ラブコメを書くなら、そういう矛盾は潰しておきたいでしょ？　だから、わたしなりに答えを出してみたってわけ。それが、これ」

「主人公、周囲の認識変えてんの!?　だから、イケメンに見えてるってこと!?」

「そう！　読者すら騙し通す主人公の認識阻害能力！　これ、超格好良いと思わない？」

「格好良いのかもしれないけど、主人公が認識阻害能力を持ってる時点で現実に即してないことに気付けよ！」

普通の青春ラブコメやりたいって話、どこに行ったんだよ！

「きっと、主人公はその能力でヒロインすら騙してるんだね……」

「嫌すぎるわ、そんな話！　第一、ヒロインが可哀想すぎるだろ！」

「テーマは、現実はやっぱり顔」

「世知辛すぎる！」

叫んで、俺は別の箇所を指差す。

「じゃあ、もしかして、主人公の親友キャラが、相手の心を読むとかいう能力を持っているのも……」

「そう！　親友キャラってだいたい凄い情報通だったりするでしょ？　だから、相手の心を読む能力にしたのっ。だって、あれだけの情報を持ってるなんて、相手の心でも読んでるか、もしくは凄い陰湿なストーカーじゃん？」

「それはそうかもしれないけどさ！」

それは言っちゃいけないやつだろ！

お約束というか、突っ込んじゃいけない場所なんじゃないの？

「……えーっと、や、やっぱり、こんな話おかしい？」

俺の表情を見て察したのか、夏希はおずおずと聞いてくる。

それには、思わず心が痛んでしまって。

だが、嘘は言えなかった。

忌憚ない意見を言ってくれ。そう事前に言われていたからだけではない。

夏希の表情が真剣そのものだったから。

だから、俺がこの場限りの嘘で誤魔化すのだけは違うように思えて。

俺は恐る恐る言葉を選びながらそれを伝える。

「も、申し訳ないけど……俺はちょっとおかしいと思ったかな。あっ、でも、それ以外の部分は面白いって思ったぜ？　ただ、そこの部分がやっぱ気になったっていうか——」

「そっか。ありがと、霧島。——じゃ、これは捨てることにする」

「え？」

その台詞の意味が飲み込めず、俺が顔を上げた瞬間。

びりびりびりびりびり！

夏希が原稿を破いて、ゴミ箱に放り込んだ。

「え、えっ？　な、何してんだよ、夏希！」

「何って……捨てただけだけど？　あっ、でも、ちゃんとデータは残ってるよ？」

「そ、そうなのか……でも、捨てることないのに……」

なんか、もったいない気がするんだけど。

ああ、せっかくのヘルブラッド先生の原稿なのに……

「でも、これぐらいしないと次に行けないから。だから、なんというかこれはその儀式ってだけ。霧島、読んでくれてありがとね。あんたのおかげで、一から書き直すことにする決心がついたから」

「え？　い、一から書き直すのか？　あと、ちょっとしか時間がないんだろう？」

「でも、妥協したものは出したくないし。こういうときは、全て捨てた方が頭の回転がだいたい良い気がするし」

そう言うと、夏希は挑戦的な笑みを浮かべる。

「よし、やる気出てきた！　次こそは、あんたに文句を一言たりとも言わせないような超面白いやつを書いてやるから！」

そんな彼女は――少なくとも、俺には最高に格好良く思えた。

「あー、疲(つか)れた。結局、お母さんが邪魔(じゃま)してきたりするしさ……霧島、ほんとに学校とかで言わないでよ。もし言ったら……」

「わ、わかってるって。言わない言わないって」

「ほんと……？　あんたっていまいちなんか信用できないんだよね……」

夕暮れの帰り道。

俺は、夏希に近くの駅まで送られていた。

歩きながら、夏希は未来を想像したのか苦虫(にがむし)を噛(か)み潰したような表情をして。

「……それにしても全部書き直しになっちゃったし、これから本当に頑張(がんば)らないと。うわっ、ほんと嫌(いや)だ……」

「さっきまで、夏希、やる気出たとか言ってなかったっけ？」

「言ってたけどっ。でも、締(し)め切りはやっぱ嫌なの」

「そういうもんか？」

「うん。でも、今月って中間テストとかあるし……大学も行きたいところあるから、下手に手も抜(ぬ)けないし……やっぱ、マジでどうしよ」

困ったように、夏希は眉(まゆ)を八の字に曲げる。

そんな彼女に、俺はふと気になって訊ねる。

「やっぱり、夏希は大学は文学部とか目指してんのか？」

ラノベ作家だし、恐らくそんな感じの学部だろう。

そんな予測とともに訊ねたが——意外にも、返答は違うものだった。

「んー、迷い中。文学部もいいんだけど、それ以外の学部でもいいかなって。たとえば情報工学部系とか」

「え？　じょ、情報工学部系？」

ラノベ作家とはすげー無縁（むえん）そうな学部な気がするんだけど。

しかし、夏希はこくりと頷（うなず）いて。

「そう。わたしそういう知識ないからさ、ちょっと興味あるんだよね。もしかしたらSFを書く手がかりになるかもしれないじゃん？　だから、情報工学部行くのも悪くないかなーって思ってんの」

「え……」

俺と全く違う観点での大学の選び方に、思わず固まってしまった。

俺が大学を選ぶ基準は、至って明快だ。

すなわち、成績が足りるかどうか。

でも、夏希はもっと先を見据（みす）えていた。

　しかも、得意だからじゃなくて、逆に知らないからで。

「霧島は？　あんたはどっか狙(ねら)ってるところあるの？」

「……俺は」

　本当は——ある。

　だけれど、それは夏希みたいに堂々と口にできることではなくて。

　俺は無理やり笑顔をつくって言う。

「俺は、今の成績で行けるところに行くよ。馬鹿(ばか)だしな」

　それに対して、夏希は「そっか」としか返さなかった。

「じゃ、霧島さよなら」

「ああ」

　駅の改札前。

　夏希に見送られながら、俺は駅の改札に入る。

　そうして、ホームへと繋(つな)がるエスカレーターへと向かった瞬間——

「霧島」

不意に、背後から呼びかけられる。

振り向くと、夏希が頬を朱色に染めながらそっぽを向いていて。

「その……今日は、ありがとね」

「また学校でねっ。それだけっ。それじゃ」

そう言い捨てて、夏希は背を向けると夕暮れの道へと戻っていく。

また学校で。

そんなことを言われたのは——人生で初めてかもしれなくて。

これまで学校なんてあんまり楽しいものと感じなかったのに、案外と悪くない響きだなと思ってしまったのだった。

◇　◇　◇

「はぁー、疲れた……」

夜。自宅。

夏希と別れてから、俺はソファでぐだーと寝っ転がっていた。

基本インドア系のオタクである俺は、ちょっと外に出てただけで疲れてしまう。

なにせ近所の本屋さんに行っただけで、一日分のお出かけゲージを消費した気分になるぐらいだ。

だから、今日は既にがっつりと疲れてしまっていた。

「霧島くん、お風呂どうする？」

視線をあげれば、氷川先生が首を傾げながら訊ねてきていた。

「俺は後で入るんで……だから、氷川先生が先に入ってください」

「うん、わかった。じゃ、霧島くん疲れてるみたいだから、私のお気に入りの入浴剤入れておくね。霧島くん、そういうの大丈夫？」

「全然大丈夫です」

「了解。じゃ、取っておきのやつ使うね」

言うや否や、氷川先生は鼻歌を奏でながらお風呂へと向かう。

その姿は、ちょっと無理やりテンションをあげてるみたいで……氷川先生も何かして疲れているんだろうか。今日は自宅でずっと仕事をやってたみたいだしな。

「……って、電話？　この時間に誰だ？」

不意に、携帯が断続的に震える。

ソファに寝っ転がったままスマホを手に取ると、電話相手は木乃葉だった。

あいつから電話なんて珍しいな。

そう思いながらも画面をタップすると、木乃葉の声が聞こえてくる。

『あっ、拓也さん。こんばんはー。ちょっと、お母さんから拓也さんへの伝言があるんですけど大丈夫です？』

「ああ、ありがと。春香さんはなんて？」

ちなみにここで補足しておくと、春香さんってのは木乃葉の母親で、俺が借りてるこの場所を管理している不動産屋さんでもあったりする。

電話越しに、木乃葉は気怠げに言う。

『お母さんはなんか契約が変更になる部分があるから、確認して欲しいって言ってました。で、いつもみたいに事務所に来るか、それとも郵送するか聞いて欲しいって』

「いつもみたいに事務所に行くよ。別に遠いってわけでもないしな」

『はーい、了解しましたー。じゃ、お母さんにそう伝えておきますねー』

「おう、悪いな」

年に数回するやり取り。いつも、こんな感じにパッと終わっていた。

だから、油断していたのかもしれない。

今、この家には——俺以外にもう一人、絶対に他人にバレちゃいけない相手がいるというのに。

「ねぇー、霧島くーん！　今からお風呂に入ろうと思ってるんだけど……バラの匂いがする入浴剤と柑橘系の匂いがする入浴剤、どっちがいいー？」

「げごげほげほげほげほげほげほげほげほげほげほげほげほげほげほっ！」

浴室の方から聞こえてきた声に、俺は思わず咳き込んでしまった。

ひ、氷川先生えええええっっ！　浴室からじゃ、俺が電話しているのなんてわかんないだろうけどさ！　でも、なんつータイミングで聞いてくるんだよ！

案の定、木乃葉は訝しげに。

『あの、今、なんか女の人の声が聞こえてきたんですけど……しかも、お風呂って。もしかして、今、拓也さんの家に……』

「ど、ドラマ！　俺が今ちょうど見てるドラマの声じゃないかな！　あ、あははははははは！　お、俺の家でお風呂に入ってる女の人なんているわけないだろ！」

『まあ、それはそうですけど……ん？　でも、今、霧島くんって言ってたような……』

「そ、そんなわけがないだろ！　なに馬鹿なこと言ってんだよ！　そんなの、お前の気のせいに――」

「ねぇ、霧島くーん？　どっちがいいー？　ねぇねぇ、霧島くん聞こえてるー？　おーい、霧島くーん？」

「げほげほげほげほげほげほげほごほごほごほっ！！！」

ひ、氷川先生ええええええええええええええええええええっっ！

ねぇ、わざとやってんの!?

ほんとは全部わかっててわざとやってんだろ!?

なんで、そんなにピンポイントで霧島くんを連呼するんだよ！　バレちゃうだろうが！

『あの、色々とおかしい気がするんですけど……拓也さんの咳も凄いですし』

「じ、実はまた体調を崩しちゃったんだよ。しかも、なんかずっと咳が止まらなくて。ごほごほっ。ほ、ほらな？　だから、聞こえづらいかもしれないけどごめんな」

『それは、別にいいんですけど……』

なんだか納得してなさそうな木乃葉。

――やばいやばいやばい、どうやって誤魔化す？　俺が頭をフル回転させてると、木乃葉は気遣うような声音で。

『拓也さん、体調は大丈夫なんですか？　それだけ咳をするってことは、大変だと思いますし……』

「そ、それは多分大丈夫だろ。明日には治ってるはずだし――」

「ねぇ、霧島くーん？　さっきから一人でぶつぶつと喋ってるけど、大丈夫ー？」

「――げほごほごほごほご！　と思ったけど、大丈夫じゃなさそうだな！　多分、明日も長引いてるなこれは！　うわっ、中間テストも近いのにこれは最悪だなぁ！」

氷川先生！　ほんと、そろそろ空気読んで！　咳で誤魔化すのも限界があるんだから！

『ふーん、そうですか……』

一方で、木乃葉は何かを考え込むように呟いていた。

ど、どうしたんだ？　まさか、俺の演技が怪しかったとか……？　だから、考え込んでるのか……？

俺がドキドキしていると、木乃葉は何かを決断しように小さく息を吐き出して。

『わかりました。取り敢えず、拓也さんは暖かくして寝ててくださいね』

「あ、ああ……ありがと」

『じゃあ、電話切りますね。――また』

ぷつっ。つーつー。

電話が切れると、俺は脱力してスマホを机の上へと投げ出した。

ふぅ……なんとか、誤魔化しきった。多分怪しいと思われているだろうが、氷川先生が家に泊まっているとまでは思われないだろう。……た、多分。

それにしても、木乃葉のやつ何か変だったな。

最後に「また」とか言ってたし。いつもはあんなことに言わないのに……

まあ、考えすぎか。

さぁって、氷川先生がお風呂に入ってる間になんかアニメでも見てよっと。一緒に寝泊りするようになってから、だいたいアニメは一緒に見てるんだけど、ちょっとお色気が強いアニメは控えてたから今のうちに見ないと。

俺はソファに寝っ転がって、アニメを鑑賞する。

そうして、ちょうどそのアニメが一本終わる頃――

ぴんぽーん。

部屋の外で、インターホンが鳴った。

ん、誰だ？　こんな時間に？　氷川先生がネットで何か注文してたのか？

「はーい！　今、行きまーす！」

俺は廊下を小走りに走って玄関に行くと、扉を開ける。

そして、そこにいた姿に、俺はぽかーんと口を開けた。

え？　なんで――どうして、お前がここにいるんだ？

玄関。

そこには、木乃葉がスーパーの袋を幾つか持って立っていた。

第七章

玄関を開けると、木乃葉が何故かそこに立っていた。

もう夜も更けてくる時間だ。今まで、こんな時間に木乃葉がやってくることなんてなかったのに……

「すみません、拓也さん。ちょっとお邪魔しますねー」

「ちょ、ちょっと待ったちょっと待ったちょっと待った！」

ナチュラルに家の中に入ってこようとする木乃葉に、俺は慌てて身体を割り込ませて進路を塞いだ。

俺は慌てて訊ねる。

「え？　な、なんでこんな時間に来てるんだ？　用があるならここで聞くからさっ」

と、とにかく、今は氷川先生がまだお風呂に入っている。

そんな状況で、木乃葉を家にあげるわけにはいかない。

俺は必死に玄関で押し留めようとするが、しかし、木乃葉がそれを怪訝に思わないわけがなかった。

「……どうしたんですか、拓也さん？　私が突然拓也さんの家に来るなんて、前からいっぱいあったじゃないですか。……なのに、今は家に入れたくない感じもしますし……」

「い、いや、こんな遅い時間に来るなんて珍しいからさ！　だから、ちょっと気になっちゃって！　そ、それに、そう！　俺の家、エロ漫画大量に溢れてるからお前には見せられないっていうか――」

「別にエロ漫画が千冊近く溢れてても、私、気にしませんよ？」

「そこは気にしろよ！」

お前、前に言ったときに虫けらでも見るような目をしてたじゃねーか！

なんで、急に主張を変えてんだよ！

っていうか、流石に千冊も持ってねぇ！

「だって、拓也さん、凄く咳をするぐらい体調悪いんですよね？　今は落ち着いてるみたいですけど……一人暮らしですし、誰か看病する人がいた方がいいに決まっていますし。そんな状態じゃ、エロ漫画なんて気にしてる場合じゃないに決まってるじゃないですか」

え？

もしかして……そういうことなのか？

木乃葉は、さっきの電話で俺が咳き込んでたから、看病に来てくれたのか？

だとしたら。

だとしたら、こいつは——

木乃葉はぷいっと横を向いて、キツい口調で言ってくる。

「い、言っときますけど、別に私が考えたんじゃないですからねっ。お母さんにそう言われたから、ちょっと様子を見に来ただけで——」

「お前、本当に本物の木乃葉か……？」

「どういう意味ですかそれ！」

くわっ！

木乃葉が目を見開くと、全力で食いついてきた。

「本物に決まってるじゃないですか！　っていうか、偽物ってなんですか⁉　入れ替わりとかそういうことですか⁉　流石に、漫画の読みすぎじゃないですか⁉」

「いや、別に入れ替わりとかじゃなくても、双子トリックとかあるかもしれないだろ。実は、小桜さん家の双子の妹・紅葉ちゃんってパターンがあるかもしれないだろ」

「ありませんよ。馬鹿なんですか？　私に変な設定を増やさないでください」

木乃葉が不機嫌そうに言う。

え？　じゃあ、本当に、木乃葉が看病に来てくれたのか……？

春香さんに言われただけで？　いつものこいつなら、「え、移されたら嫌だから行きたくない」ぐらいのこと平気で言いそうなのに。

「……まあ、俺の中で『お前の気まぐれ説』と『偽物説』が九対一ぐらいの割合で争ってるけど、取り敢えず信用しよう」

「ふーん、まあ、私が本物と納得してくれたならそれでいいんですけど……なんで、偽物説が一も残ってるんですか？」

「あ、違うぞ？　偽物説は九の方だ」

「結局、ミリも信用してないじゃないですか！」

うぬぬぬぬ、なんか狼少年になった気分……などとよくわからないことを呟く木乃葉。

しかし、テキトーなことを言ってお茶を濁すにも限界がある。

一旦、落ち着く時間を手に入れないと。

「なぁ、木乃葉？　ちょっと、後ろに三歩下がってくれないか？」

「はぁ？　別にいいですけど……いち、に、さん。はい、これでいいですか？」

ガチャ。

俺は玄関の扉を閉めて、鍵をかけた。

「ちょ、ちょっと、拓也さん!?　なんでいきなり閉めたんですか？　しかも、鍵かかってるし！」

「じゃあ、木乃葉またな」

「ちょ、ちょっと！　なんで突然締め出すんですか！」

玄関の扉の向こうで喚き出す木乃葉。

ふぅ……だが、これで大丈夫だろう。危機は去った。

「あの……霧島くん、もう大丈夫？」

ひょこっと、脱衣所から顔を出してくる氷川先生。

俺たちが叫んでいるのに気づいて、来客と察して静かにしてくれていたのだろう。

まあ、それなら、雑談を繰り広げて時間を稼いだ甲斐もあったというものだ。

でも、

「ひ、氷川先生、なんでタオルを巻いてるだけなんですか！」

「だ、だって、時間がなかったから……その、あんまり見ないでくれると嬉しいんだけど」

氷川先生が上気した頬で、もじもじとバスタオルで包まれた肢体を隠す。

透き通るような白い肌がほんのりと赤く染まっており、湯気を立ち昇らせていた。湯に浸からないように髪を纏めていたせいか、普段は見えない綺麗な鎖骨に妙に視線を惹きつけられてしまう。

と。

ガチャ。

玄関の方で、何故か扉が開く音がした。

え、えっ？　な、なんでだ？　鍵は閉めたはずだったのに——って、ああああっ！

そうだった、木乃葉のやつ合鍵を持ってるじゃねーか！　なんで、俺、チェーンもかけてなかったんだよ！

「ど、どうしよ？　き、霧島くん？」

「と、取り敢えず、俺が何とか追い返します！　氷川先生は脱衣所に隠れててください！」

「う、うん！　わかった！」

刹那のやり取り。

俺と氷川先生は最低限の会話を行うと、同時に最適な行動を取った。

氷川先生は音を立てずに脱衣所のなかに入る。俺は脱衣所の扉を閉める。

そして、木乃葉が玄関に入ってきてこちらを向くのは同時だった。

「も、もうっ！　拓也さん、なんで締め出すんですか！　……って、あれ？　拓也さん脱衣所の扉に寄っかかってどうしたんですか？　何かそこにいるんですか？」

「い、いや、いないけど！　いるわけないいだろ何言ってんだよ！」

「なにそんなに動揺してるんですか……？　まあ、別にどうでもいいんですけど……」

そう言いながら、木乃葉が玄関で靴をぺっぺっと脱いで中に入ってくる。

くそっ、しまった。侵入させてしまった。しかし、ここから追い返すって言っても、どうするべきか……

それに、問題はそれだけじゃなくなってしまった。

『……ふーん、家に来てたのってあのときの大家さんの娘さんだったんだ……しかも、拓也さんって呼ばせてるし、仲が良さそうだし……どんな関係なの？』

何故だろう、妙に脱衣所から氷属性の圧力を感じるのは。

何故だろう、浮気現場を直接見られてるような気分になってるのは……そ、そんな疑うような関係じゃ微塵もないのに。さっきから冷や汗がだらだらと溢れて止まらない。

「あの、拓也さん？　たくさん汗を掻いてますけど大丈夫ですか？　さっきまで落ちついてるように見えましたけど……やっぱり、体調が悪いんじゃないですか？」

「い、いや、そんなことないぞ？　俺はこの通りピンピンだから！　熱だってないしな！」

「本当ですか？　……どれどれ」

ぺたっ。木乃葉が俺の額に手を当ててきた。

ギンッ！　脱衣所からの氷属性の圧力が強まった！

「ほら、さっきよりも汗を掻いてますし……顔だって青ざめてますし。やっぱり、拓也さんはもう寝てたほうがいいんじゃないですか？」

「こ、これは違わないけど違うんだよ！　た、体調はほんと大丈夫だから！」

怖い怖い怖い！

氷川先生が脱衣所の扉の隙間からじぃぃぃぃと見つめてきてるの、超怖い！

もうこれ軽くホラーだよ！　その辺のホラー映画よりも、よっぽど怖いよ！

こ、これは、先に俺と木乃葉の関係を説明しないと！

俺たちは、何でもない——常にいがみ合ってるレベルの犬猿の仲だと、言ってやらないと！　そうじゃないと、この浮気現場みたいな空気は消えてなくならない！

「ほら、拓也さんは体調が悪いんですから、こんなとこに立ってないで行きますよ？」

「その前に、一つはっきりとさせておきたいことがある。俺とお前は、どういう関係だ？お前の口から直接言って欲しいんだ」

「きゅ、急にどうしたんですか？　そんな、肩を摑んで真剣な目で言ってきて……」

「大事なことなんだ！　それだけは、はっきりとさせておきたいんだよ！　さあ、お前が普段から俺に対して思ってる本音を教えてくれ！」

「た、拓也さんがそこまで言うなら、べ、別に良いですけど……」

何故か、もじもじとしながらチラチラとこちらを見てくる木乃葉。

ふむ、どうしたんだこいつ？　おしっこ行きたいのか？

「トイレならあっちだぞ？」

「死ねばいいのに」

ストレートに罵倒された。

だが、今はそれがありがたい。その罵倒で、俺と木乃葉との間の心の距離がわかるってものだ。まさか、氷川先生はこの姿を見て、俺と木乃葉が仲の良い関係だとは思うまい。

流石は、木乃葉！

ずっと俺の幼馴染みをやってきただけあるぜ！

すぐに、俺の要望を満たしてくれるなんて！

「ありがとうございます……！　罵倒してくれてありがとうございます……！」

「うわっ、キモッ！　拓也さんキモッ！　なんですか急にMに目覚めたんですか⁉」

「流石は木乃葉さんだなぁ！　そうだよな、これが俺たちの関係性だよなぁ！」

「怖い怖い怖い！　キモい上になんか怖いんですけど！　拓也さんどうしたんですか⁉

風邪で脳みそ腐ったんですか⁉」

まあ、ざっとこんなもんだろう。

これだけ罵倒されたら、氷川先生もまさか俺たちが仲の良い関係だと思わないだろう。

「じゃ、今日はもう帰ってくれていいから。木乃葉さん、ありがとうございました」

「なに、ナチュラルに帰らせようとしてるんですか？　まだ何にもしてないんですけど。それに、さっきからなんか怪しい挙動しかしてませんし、頑なにリビングに入れようとしませんし……拓也さん、私に何か隠してません？」

ドキッ！

「そ、そんなわけないだろ。隠してることなんて何もあるわけないだろ」

「じゃ、リビングに入っても大丈夫ですよね？」

「あっ、ちょっと待った！　勝手にリビングに行くなって！　まだ色々と散らかってるんだよ！」

必死に止めようとするが、木乃葉の前では無力だった。

木乃葉はリビングに入ると、目敏く机の上に置かれた二つのカップを見つけて。

「……これ、なんですか？　なんで色違いのものが二つもあるんですか？」

「お、俺が使ってたんだよっ。べ、別に良いだろ。色違いのものを持ってても。たまたま二つ同じやつ買っちゃったんだよ」

「……ふーん。じゃあ、こっちのゲームソフトはどうしたんですか？　同じものが二つありますけど？」

「俺が使ってんだよっ。ほら、ソードとシールドみたいなもんなんだよ。同じに見えて実は違うの。両方、必要なんだよ」

「……ふーん。じゃあ、この机に置いてある化粧水は？」

「お、俺が使ってんだよっ。最近、肌が乾燥気味なんだよ。なんだよ、悪いかよっ」

「別に悪くはないですけど……じゃあ、こっちの机の下に置いてあるブラはどうしたんですか？」

　言いながら、木乃葉が机の下に落ちていたブラジャーを摘み上げた。

　俺は答える。

「俺が使ってんだよ」

「拓也さんが!?　ブラを!?　この小さなスイカぐらい入りそうなブラを使ってるんですか!?」

「最近、肌が乾燥気味なんだよ。なんだよ、悪いかよ」

「発想が狂気すぎる！　流石に悪いですよ！　っていうか、いくらなんでもこんなの騙されるわけないじゃないですか！」

　知ってるよ！

　そうだよな、こんな雑な嘘で騙せるわけないよな！

　っていうか、氷川先生ぇ！　先生、色々と俺の家に落としすぎでしょう！　流石にブラぐらいは片付けてて欲しかったんだけどなぁ！

「……ずっと、おかしいと思ってたんですよね。でも、今のでもう確信しました。拓也さん、女の人を連れ込んでますよね？　今もこの家にいるんじゃないんですか？」

　ドキリ！

「そ、そんなわけないだろっ。そんなわけがないけど！　も、もし、仮に連れ込んでたりしたら木乃葉さんはどうするつもりですか？」

「別に興味もないんでどうでもいいんですけどー。お母さんに報告ぐらいはするかもしれませんね」

「即死レベルじゃねぇか！」

　俺と氷川先生の関係が、春香さんに知られるなんて終わりに等しい。

　くそっ、どうしたら誤魔化せる⁉

　どうやったら、ここから誰も連れ込んでないと偽装できる⁉

俺は思考する。

例えるなら、そう。絶体絶命な状況で起死回生の手を思いつく主人公の気分だ。

思考し、思索し、思案しろ！　そして見つけるんだ、この状況をひっくり返す逆転の一手を……！

俺はかつてないほど脳みそを使って考え――

そうして。


「へ、へくちっ！」


全てを台無しにする、可愛らしいくしゃみが家の中に響いた。

「…………………………」

「…………………………」

「…………へ、へくちっ」

俺も木乃葉もくしゃみしていない。となると、必然的に脱衣所にいるはずのあの人しか残っていない。……きっと、湯冷めしたんだろうなぁ。

へくちっ、へくちっ、へくちゅっ！　と可愛らしいくしゃみが何度も鳴り響く中、木乃葉は俺の肩にそっと手を乗せて言ってくる。

「拓也さん、もう諦めませんか？」

諦めた。


「……お久しぶりです。この前以来ですね、氷川先生」

リビング。

俺、氷川先生はカーペットの上に座っていた。一方で、木乃葉はソファの上に座っているためか、必然とこちらを見下ろしている。なんでこんな構図になってんだよ。

これまであった経緯については、既に説明していた。

そうして、俺たちは机を挟んで向き合っていたのだけど。

その言葉に、氷川先生は木乃葉を見つめ返した。

ちなみに、氷川先生の格好は半教師モードって感じだ。服装も襟つきのシャツなどそれなりにきっちりと見えるもので、いつもの黒縁の眼鏡をかけていた。

氷川先生は教師モードの口調で応じる。

「ええ……ところで、あなたは慶花高校一年生の小桜さんですよね？　こんな夜遅くに、男の子の家にやってくるなんてあまり感心しませんが。不健全ではありませんか？」

「いや、生徒の家に泊まり込んでる教師に言われたくないんですけど」

「う」

「そっちの方がよっぽど不健全じゃないですか？　その辺はどう考えているんですか、氷川先生」

「そ、それは……」

あわあわとして、視線で助けを求めてくる氷川先生。

その目は「どうしよ？　どうしよ、霧島くんっ？」と語っている。……凄いな、俺。ついに視線から氷川先生の感情が読めるようになったぜ。単純に、今がわかりやすいだけかもしれないけど。

「ま、拓也さんが女の人を連れ込んでる時点で、相手が誰かなんてだいたい想像できましたけどー。まさか、本当に生徒の家に先生が来てるとは思いませんでした。普通付き合ってるからといって、生徒の家に泊まります？」

「う……」

「おい、木乃葉。なに、お前不機嫌になってんだよ」

「べっつにー。不機嫌になんてなってませんし？」

そう言いながら、ぷいっと顔を背ける木乃葉。

明らかに不機嫌になってんじゃねーか。意味わかんねぇ。こいつが不機嫌になる要素なんてあったか？

「……そんなの、私だって何がどうなってるか……ませんし」

「ん？　何か言ったか？」

「べっつにー」

言って、むすっとする木乃葉。

もう、こいつのことはわからん。

昔は「拓也くん、拓也くん」って素直で可愛く言いながら、俺の後をついてくるようなやつだったのになぁ……いったい、いつからこうなってしまったのやら。

一方で、隣の氷川先生はというと、青ざめた顔で歯をガタガタと鳴らしながら。

「………お、終わっちゃった……く、クビだ……こ、後悔はしてないけど、こ、これからどうしよ……せ、センテンススプリングされちゃう……」

ねぇ、氷川先生？　危険なネタ、混ぜるのやめません？　あとは流石にそれはないと思うぞ。あの人たちも、たかが一教師に張り付くわけもないと思うし。

どうやら、木乃葉には付き合ってることを伝えてあると認識しつつも、一緒に住んでい

ることは流石に駄目でバラされると思っているらしい。

ちなみに、俺が落ち着いているのは何とかなるだろうと踏んでいるからだ。

なるべく、木乃葉にはバレたくなかったが——バレたのなら仕方ない。

さっき、木乃葉は春香さんに話すと言っていったが、黙っていてくれと頼み込めばそう対応してくれるだろう。木乃葉に喋るメリットはないしな。

なんだかんだいっても、木乃葉は信用できる。

俺が本気で嫌だと思うことはしないはずだ……た、多分な。

でも、氷川先生はそこまで木乃葉を知らないわけだし。取り敢えず、その辺の誤解は解いておかないと。

「なぁ、木乃葉」

「……なんですか、拓也さん?」

呼びかけると、木乃葉は相変わらず不機嫌そうにしながらも応じた。

俺は訊ねる。

「お前、俺たちのことを外に言おうとしたりはしないよな?」

「……まあ、そうですね。さっきも言った通り別に興味もないですし、他の人に言うメリットもないですからねー」

その返答を聞いて、氷川先生はホッと安堵の息を吐き出した。

しかし、次いで、木乃葉はチラッと氷川先生を見やって。

「でもー、正直、その辺は拓也さんたちの態度によりますよねー。どうしよっかなぁ、態度によってはうっかりと口が滑っちゃうかもなー」

悪い顔してんなぁ！

繰り返すけど、お前、悪い顔してんなぁ！

俺は長い付き合いだから冗談だとわかるけど、他の人がその顔を見たら真に受けると思うぞ。

案の定、氷川先生は更に顔を青ざめさせながら。

「な、何なりと！　わ、私にできることなら何でもするから！」

「氷川先生も何言ってんですか！」

完全に上下関係が決まった瞬間だった。

木乃葉よりも遥かに年上なのに、教師であるというのに、一人の生徒に屈した女性の姿がそこにはあった。

一方で、木乃葉も木乃葉で。

「えっ？　なんでもっ？　本当に何でもしてくれるんですかっ？」

「お前はどこに食いついてるんだよ!」

「……だ、大丈夫。大丈夫だから、霧島くんっ。私、霧島くんと付き合うためなら我慢できるからっ。たとえ、エロ同人みたいに、怖い人に囲まれて襲われても我慢できるからっ」

「覚悟が重い! そこまでしなくていいですから! ってか、そういうやつ、氷川先生読むんですね!」

「あ、それは、紗矢が描いて見せてきたの。霧島くんと付き合った後に」

「あの人もあの人で何描いてんだよ!」

「あっ、そういうのもオッケーなんですか? じゃあ、私、氷川先生のおっぱい見たいです」

「お前はお前で何言ってんだ!」

「でも、氷川先生のおっぱい凄くないです? 何カップあるんですか? あれは、同性でも気になりますよ。拓也さんは気にならないんですか?」

それは気になるけども!

ずっと、気になってるけども!

でも、越えちゃいけない一線みたいなのあるじゃん! ほんと、先生と木乃葉はさっきから何言ってんだよ!

しかし、氷川先生は真っ青になりながらも震える手で服に手をかけて。

「わ、わかった。ぬ、脱げばいいんだよね。う、上だけでいいよね……？」

「ちょ、ちょっと、氷川先生！　ぬ、脱がなくていいですから！　あれ、こいつの冗談ですから！」

「だ、大丈夫だよ」

けれど、氷川先生は気丈に微笑んで。

「――霧島くんと付き合い続けるためなら、別にこれくらい本当に何でもないから」

「……なんですか、それ」

ポツリ、と。

氷川先生の言葉に反応したのは、木乃葉だった。

「そんなの…………じゃないですか」

声が小さすぎて聞き取れない。

顔を俯かせていて、表情も読めない。

だけれど、木乃葉の不機嫌オーラが一層強まったのは経験則でわかった。

「なんか冷めたんで帰ります」

「え？」

「氷川先生、すみませんでした。拓也さんが言ってるのは本当です。冗談のつもり……だったんですけど、度が過ぎました。本当にすみませんでした」

「えっ、え？　べ、別に私は良いんだけど……」

「ありがとうございます。では、お邪魔しました」

ぺこり、と頭を下げる木乃葉。

その丁寧な姿は、俺にとっては新鮮そのもので。

俺が唖然としていると、木乃葉はくるりと反転してそのまま玄関に向かった。

え？　な、なんなんだ？　急にどうしたんだ？

俺は慌てて玄関まで追いかけるが、木乃葉は一言も発さなかった。

彼女は靴をトントンと地面に押しつけて履く。

それから、玄関の扉を開けると、囁くような小声で。

「……いい人、ですね」

誰のことを言っているのかは、それだけではっきりとわかった。

「まあな。俺には、その……もったいない人だと思ってる」

「でしょうね」

木乃葉は短く応じて。

「……拓也さん、最近楽しそうですよね」

「そ、そうか？」

「はい、前よりずっと」

「お前がそう言うならそうなんだろうな」

俺が答えると、木乃葉は不意に夜空を見上げた。

それから、どこか寂しそうな笑みとともに言う。

「これなら――私はもういらないかもしれませんね」

その言葉の真意は、最後まで聞けなかった。

◆◆◆

霧島くんと小桜さんが玄関の方に行って、二人きりで何かを喋っている。

その姿を見て……私は、じくりと胸が痛むのを感じた。

今日一日中、ずっとこんな感じだった。

霧島くんが夏希さんと出かけ、一人で家にいるときも。

そして、霧島くんが小桜さんと話しているときも。

仲が良さそうな姿を見るだけで——あるいは、そんな光景を想像するだけで、きゅうっと心臓が締め付けられてしまっていた。

この感情の名前を、私は知っている。

だけれど、それを認めたくなかった。

だって、霧島くんが、友達と仲良くしていることは教師としては喜ぶべきことなんだから。ずっと一人だった生徒が友達をつくったことなんて、本当は諸手を上げて喜ぶべきことなのに。

そのはずなのに、そうでなければならないのに。

どうして、私は——

「………私は教師なんだから」

小さく呟く。

そう、私は教師だ。霧島くんの先生だ。

だから、この醜い感情なんて押し殺せ。

それが、正しい教師の在り方なのだから。

私は無理やりこの感情を頭の隅っこへと追いやって、何とか視線を前に戻した。

◇◇◇

翌週。

中間テストまであと一週間と少しと差し迫ってきたなかで、俺は朝から慶花大学の図書館に向かっていた。

無論、中間テストの勉強をするためだ。

ちなみに、合宿が始まった頃から勉強はずっとやっていて、氷川先生から与えられた課題は順調に消化している。

このまま行けば中間テストにも間一髪で間に合いそうだ。

もっとも、完璧に高校一年生の復習が終わるってわけではないけれど。

幾つかの教科で復習がギリギリ間に合うぐらいだ。

けれど、そこまで行けば二百五十位という目標は達成できるかもしれない。まあ、うちの高校でそれぐらいの順位の人たちはスポーツや部活優先で、勉強は片手間っていう理由が大きいけど。

そういや……夏希もあと一週間ぐらいで締め切りなんだっけ？

ってことは、お互いにこの一週間が正念場ということだ。

「………って、夏希か。珍しいな」

俺が慶花大学の図書館に辿り着くと、夏希がカタカタとタブレットを弄っていた。

そういや、以前、夏希が原稿を落としたのはこの慶花大学の図書館だったんだっけ。

もしかしたら、何かの事情で学校で作業をしなければいけないときには、大学の図書館に来て執筆なんかをしたりしているのかもしれない。

だが、そのとき。

夏希は苛立っているのか、あるいは打ち込んだ文章が気に食わなかったのかキーボードを連打し始めた。

多分、デリートキーだろう。

「おはよ、夏希」

無視するのも変なので、俺は背後から声をかける。

そうして、何気なくタブレットの画面を見た瞬間――

「…………え？」

俺は、固まってしまった。

い、いや、でも有り得ないだろ？
だって、この間は「順調」と答えていたはずなのに。
なのに——なんで、原稿は真っ白なんだ？
ファイル名には「version30」の文字が埋め込まれ。
されど、原稿には一文字も書かれていなくて。
それでも、中間テストと締め切り前の時間は刻々と進んでいっていた。

【中間テスト終了まで、残り十日】

第八章

世界史担当の教師の言葉が教室中に響き渡る。

中間テスト前だからか、どの生徒も必死にノートを取っている。なにせ、今はこれまでの授業の総復習の時間。ここを押さえておくかどうかで、テストの点数が大きく変わる。

そんな中、俺がそっと視線を上げて教室を見渡すと、誰よりも手を動かしている生徒の姿が見えた。でも、それが中間テストのためではないのは知っている。

……ほんと、夏希のやつ大丈夫か？

きっと、今、ノートに書いてるのは原稿だ。

少しでも小説を書くために時間を使っている。きっと、周囲に見られるかもしれないなどというリスクは、今の夏希の頭にはない。それぐらい追い詰められてるからだ。ただ面白い小説を書くためだけに、ずっと一人で奮闘している。

朝、図書館で会ったときも――

「……あーあ、霧島に見られちゃったかー」

　原稿が真っ白であることに気づいた瞬間、夏希は悪戯がバレたように笑ってみせた。

「まあ、見ての通りって感じ。今回はいつもの作風と違うから、ちょっと苦戦しててさ。でも、ま、大丈夫。あと一週間もあるし。前に言ったかもだけど筆はかなり早い方だし、まだ慌てなくても何とかなるから」

「……慌てなくてもって」

　そんなわけがない。

　なら、なんでそんなに苦しそうな顔をしてんだよ。

　今にも、吐き出しそうな顔をしてるのに。何日も無理をしてるのが丸わかりなのに――なんで、そんな虚勢を張ってんだよ。

　だけれど、俺は何も言えなかった。

「そっか」

　気づいていないフリをして頷くと、俺は彼女の隣に座った。

　俺には何もわからないから。そうやって、何かを作ったことが――何かを、それこそ命を削って、と比喩できるほど何かに打ち込んだことがなかったから。

　だから、俺は何も言えなかった。

頑張れよ。なら、楽しみにしてるな。そんな言葉が脳内に浮かんでは、弾けて消える。

薄っぺらい励ましの言葉を言うべきか迷ったが、結局、何も言えなかった。

頑張れよ。――それは、既に頑張ってるやつに対して、何も頑張っていない俺が言うのは失礼な気がした。

なら、楽しみにしてるな。――それは、余計に彼女を追い詰めてしまう気がした。

考えすぎなのかもしれない。

でも、俺は何かに一生懸命打ち込んだことがないから、こんなときにどんな言葉をかけてあげれば救いになるかはわからなくて。

「…………」

最終的に、俺は彼女の横で無言で勉強を始めた。

せめて一時だけでも彼女の隣で頑張るしか、俺にできることはなかったから。


四限目の授業が終わり、昼休みが始まる。

その瞬間、夏希はタブレットとノートを持って教室から出て行った。

いつも、昼休みには夏希とグループをつくって昼食を取っているクラスメイトたちがぽかーんとしている。

だけれど、俺には夏希が何をしに出て行ったのかわかる。

小説を書くため、だ。

きっと授業中に書き溜めていたものを、タブレットに書き写したりするためだとは思うんだけど……

「っ」

夏希は教室の外に出て行く時に、タブレットとノートしか持ってなかった。

要するに、恐らくではあるが昼ごはんは食べるつもりがない。その時間に割くぐらいなら小説を書くつもりなんだろう。

もう十分に身体に鞭を打ってるのに、まだ頑張るつもりなのだ。

無意識に教室中を見回す。

いつも夏希とグループをつくっているクラスメイトも、夏希抜きで昼食を取っている。

まあ、それはそうだろう。あの態度を見る限りでは、夏希はラノベのことは俺にしか話してないに違いない。そもそも、誰にも知られたくないって感じだったわけだし。

つまり。

——何が言いたいかっていうと、この状況は俺しか知らないということで。

「…………っ」

そういうことならば、動かないわけにはいかなかった。

俺は立ち上がって教室の外に出ると、途中で売店によりながらも校舎内を徘徊する。

俺は——まあ、今もそうだけど——高校一年生のときにはずっと一人だった。

だから、一人になれそうな場所には普通の人よりは詳しい。夏希が行きそうな場所には見当がついている。

果たして、俺の読みは当たった。

校舎の端っこにある、屋上まで続く薄暗い階段。

ここの階段は封鎖されていて屋上に行けないようになっている。

それ故に、滅多に誰も近付くことはないが……そんな場所で、夏希は階段に腰掛けてタブレットのキーボードを必死に叩いていた。

「よう、夏希」

「…………え、霧島？」

夏希が驚いたように顔をあげる。

改めて見ると、酷い顔だった。化粧で誤魔化しているのだろうが、目元には薄らとクマが見えた。ずっと寝不足なんだろう。

「なんで、あんたここに……？」

「その……」

しまった……何と言おう。

何も理由なんて考えてなかった。

素直に追いかけてきたってなんて言ったら、気持ち悪いよな……とは思ったが、結局、俺は上手い言い訳など思いつかずにストレートに言う。

「その……夏希が昼ごはんを持って行ったようには見えなかったからな。だから、買ってきたんだけど……」

「い、いや、いいって！　そんなのいいから！　あんたにそんなこと頼んでないし、そもそもわたしはお腹なんて空いてない――」

ぐう。

不意に、可愛らしい音が響いた。

俺は呆れながら訊ねる。

「お腹なんて……なんだって？」

「うう、ううう……」

「強がってないで食べろよ？　腹が減っては何とかだぞ？」

「うっさいっ。そ、そんなことわかってるからっ。ほら、買ってきてくれたんでしょ。それなら早くちょうだいっ」

さっきまで否定していたくせに、今度は手を伸(の)ばして貰(もら)おうとする夏希。

よっぽど恥(は)ずかしいのか、顔が真っ赤だ。

それにしても、貰う側なのになんたる態度。

まあ、俺が好きでやってるから良いんだけどさ。

「………いただきます」

渡すと、夏希は菓子(かし)パンを膝(ひざ)の上に乗せたままきっちりと両手を合わせた。

顔は依然(いぜん)として赤いままだ。

しかし、やっぱりお腹が空いていたらしい。

合掌(がっしょう)をした後には、夏希は勢いよく包装を開けて。

「……う、ぐっ……」

「なっ——慌(あわ)てて食べるなって！　ほ、ほら、夏希、水！」

「(こくこく)」

涙目(なみだめ)で苦しそうにしながらも、必死に頷いて感謝を伝えてくる夏希。

……にしても、この調子だと随分(ずいぶん)とご飯食べてなさそうだな。

気になって、俺は質問する。

「なあ、夏希。最後にご飯食べたの、いつなんだ？」

「えーっと、ちょうど両親が旅行に出かけてからだから……二日ぐらい前から？」

「馬鹿じゃねぇの!?」

そりゃ、お腹空くわ！

でも、その間、夏希がずっと遊んでたってことはないだろう。きっと、その二日間も小説を書いていたのだ。寝食すら忘れて。

それでも、原稿は真っ白のままで。

「……そんなに、上手く行ってないのか？」

気がつけば、俺はそんな疑問を投げかけていた。

うーんと、夏希は気楽に背伸びしながら。

「大丈夫。前にも言ったけど、いつも締め切り前はこんな感じだから……まあ、今回はその中でも一番かもしれないけど。でも、それも毎度のことだしね」

「そ、そっか」

「それと、霧島、飲み物ありがと。返すね、はい」

「お、おう」

夏希からペットボトルを渡され、受け取るが……こ、これ、夏希が飲んだやつなんだよな。こ、このままだと、間接キスになるんだけど……

「？　霧島、顔赤くなってるけど、どうしたの……？　って、あっ。あんた、もしかして間接キス意識しちゃったの？」

「っ」

「え、マジ？　図星？　ふーん、こういうのって意外とテンプレ通りだったりするんだ」

「う、うるせえよっ」

ニマニマしてんじゃねぇ！

くそっ、からかってきやがって。いつもの仕返しってのもあるんだろうけどさ。

夏希はニヤニヤと笑いながら、顔を覗き込んできながら。

「良い取材になったよ。ありがとね、霧島」

「うっせ」

「んー。じゃ、良い気分転換にもなったし、そろそろ執筆に戻ろっかな」

「そうか。じゃあ、俺は帰るな」

「うん。邪魔だから、さっさとあっち行った行った」

ひらひらと追い払うように手を振る夏希。

そのぞんざいな態度も、もう慣れたものだ。

俺は彼女に背を向けて、その場を去ろうとする。

その直後。

「……その、心配してくれてありがとね、霧島」

ボソッ、と。

背後から、夏希の消え入るような声が聞こえてきた。

俺が振り向くと、夏希は階段に腰掛けたまますっぽを向いていた。その頬はほんのりと朱色に染まっている。

「言いたいのはそれだけ」

「そっか」

「言っとくけど、わたしは全然余裕だから。だから、これ以上心配しないでも大丈夫」

夏希は穏やかに口元を緩める。

俺と夏希は付き合いが長いわけではない。だが、それでもわかる。明らかに無理して余裕そうに振る舞っている。自分は問題ないと必死に伝えてきていた。

けれど、そうすればするほど、彼女が抱えてくる痛さが滲み出てきていて。

「わかった」

やはり、俺はそれに対して気づかないふりしかできなかった。

ここで、俺が颯爽と助けられたらいいんだろう。

気の利いたことを言えれば良かったんだろう。

でも、俺は夏希みたいに何かに打ち込んだことがないから——夏希がどれだけ大変なのか、想像することもできなくて。

何をすればいいかもわからなくて。

「……でも、せめてご飯ぐらいはちゃんと食べろよ」

俺はそんな当たり前のことしか言えなかった。


放課後。窓の外が暗くなってきた頃——

俺は自宅のキッチンで夕食の準備をしていた。

といっても、簡単にできるものだけだけど。最近、勉強よりも妙に成長している家事をこなしつつ、俺はぼんやりと思考を巡らせる。

「……どうすりゃいいんだろうな」

考えているのは、もちろん夏希のことだ。

俺にできることは何もないとわかりつつも、頭の片隅にこびりついて離れない。

もうすぐ中間テストだし、人の心配をしてる場合じゃないってわかってるんだが……頭の隅っこにこびりついて離れてくれない。

と。

「……ただいまー」

「あ、お帰りなさい、氷川先生――って、どうしたんですか？」

帰宅してきた氷川先生を玄関に迎えに行くと、先生はスーツを身に纏ったまま倒れていた。よっぽど疲れているのだろうか、玄関でぐりんぐりんとしたまま芋虫にみたいに動いていた。……なんだか、氷川先生の家が汚い理由がわかった気がした。

って。

「氷川先生、スーツのまま寝っ転がったらシワになりますよ？」

「…………でも、もう一歩動けないの……」

「じゃあ、俺がかけときますから。はい、氷川先生ばんざーい」

「……ばんざーい」

子供のように言われるがままに、両腕をあげる氷川先生。

せめてジャケットだけでもと思い、脱がしてハンガーにかけていると、氷川先生は複雑な表情でポツリと声を溢す。

「……なんか君と住んでから、私、どんどんとダメになってる気がする」

「そうですか？」

「そうなのっ。だって、家に帰ったらご飯もお風呂も全部用意してあるし！　なんで君がやってるの！　そういうの、全部、私がやるはずだったのに！」

「だって、氷川先生忙しいじゃないですか」

一緒に住み始めてわかったが――

教師って仕事、滅茶苦茶大変なんだな。

氷川先生はあまり仕事の詳細を教えてくれることはないから、何をやっているかいまいちピンと来ないが、授業の準備だったり、事務作業だったり、とにかく毎日仕事で溢れているらしい。

ちなみに、一度だけ「残業って何時間ぐらいなんですか？」と聞いたことがあったが、返ってきたのは意外にも「ゼロだよ」という声だった。といっても、本当に残業時間がゼロってわけじゃなくて、そもそも残業という概念がないからカウント不可能という意味らしい。この辺は学校によるんだろうけど……怖すぎるだろ。

まあ、これでも、氷川先生は何かの部活の顧問になってないからマシな方なんだろうけどな。

　そういう理由もあって、合宿開始当初は氷川先生がやると宣言していた家事も、俺が担当することが多くなっていたのだけど。

　氷川先生はそんな現状が不満なのか、むーっと頰を膨らませて。

「い、忙しいのはそうだけど……でも、それを言い訳にしたくないし。そ、それに、私なら大丈夫だよ？　まだまだ元気は有り余ってるしっ」

「そういう台詞は、起き上がってちゃんと全部やってる状態で言ってください」

「うぅっ、霧島くんの意地悪ぅ……でも、毎日ありがとぉ……」

　氷川先生は悩ましげな声をあげながらも、何とか立ち上がって部屋着へと着替えに行った。

　それから、俺と氷川先生は机を囲んで夕食を食べる。

　だけれど、ご飯を食べながらも、氷川先生は明らかに疲れた表情をしていた。箸でおかずを摑もうとしているが、失敗して何度もお皿の上に落としている。

「氷川先生、今日も忙しかったんですか？」

「……うん」

　俺が気になって訊ねると、氷川先生はこくりと頷いてぽつりぽつりと喋り始める。

「……今日はね、保護者さんからの怒りの……ご指摘の電話があってね。その生徒の担任の先生がちょうど授業でいなくて、たまたま職員室にいた私が対応することになったんだけど……途中から同じ話が堂々巡りするし、こちらとしてもどうしようもないって説明するしかないし……それで二時間対応してて、業務も遅れちゃったからずっと残ってたの」

「お、おう……」

教師の仕事なんて勉強を教えたり、部活の顧問として色々と調整したりするぐらいかと思っていたが……そういう対応も仕事なんだな。

世の中にはもっと凄い対応みたいなのをしている人もいるんだろうが、俺みたいな人間からすれば、二時間の電話だけでその日は何もできなくなりそうだ。

「その……お疲れ様です、氷川先生。今日は早く寝てください。俺の勉強も見なくていいですから。それと、俺に何かできることありますか？」

「じゃあ、頭、撫でて」

「はい、わかりました……って、え？」

「だーかーらー、あたま撫でてっ。頑張ったねー偉いねーって、なーでーてーっ」

「きゅ、急にどうしたんですか、氷川先生——って、いつの間に酒飲んでるんですか！」

このひと、お酒そんなに強くないのに！　気がついたら、缶が数本転がってるぞ！

氷川先生、いつ買ってきたんだよ⁉

顔を真っ赤にしながら、氷川先生はむすぅぅぅとしてぷいっと顔を背ける。

「だって、酔わないとやってられないもん」

「でも、飲み過ぎですよ。そんなに飲んだら明日に響きますよ」

「うー」

「唸ってもダメです」

ああ、ちくしょう可愛いなぁ！

もっと甘やかしたくなるが――氷川先生、普通に明日も仕事だもんな。二日酔いになんてなったら、目も当てられない。

「ほら、これは明日飲んでください」

「うー、きりしまくんのいじわるー」

「意地悪でいいですから。はい、渡してください」

「わかった……でも、じゃあ、あたま撫でて？」

「えっ？」

「そしたら、わたす」

言うや否や、氷川先生は机に突っ伏して頭のつむじをこちらに向けてきた。

えっ、これマジで撫でなきゃいけない流れなのか⁉

だが、氷川先生は一向に頭を上げようとしなくて。

くっ……ああ、わかったよ！

氷川先生のためだもんな！　こうなったら――やってやろうじゃねーか！

俺は覚悟を決めると、氷川先生の綺麗な黒髪の上にそっと手のひらを当てて。

「氷川先生……その、頑張りましたね。偉いです。お疲れ様です」

「……………ふぇ……えへへ」

優しく撫でる。

だけど、何の抵抗もなく黒髪は手の隙間を通っていって、さらさらとした感触が少しくすぐったい。しかし、無言でずっと撫でてると、なんだかイケないことをしているみたいで――え、頭撫でるのってこんなにエッチな行為だったっけ？　大丈夫なの、これ⁉

「話、聞いてくれてありがとね、霧島くん」

ポツリと。

不意に、氷川先生が机に突っ伏したまま呟いた。

「その、さっきからダメなところしか見せてないような気がするけど……でも、君に話を聞いてもらってなんだかスッキリしちゃった。ありがと」

「いえ、俺は別に大したことなんか……話を聞いてただけですし」

「それで十分なの。私はずっと一人暮らししてて、相談できるのも話を聞いてくれるのも紗矢ぐらいしかいなかったから、それで十分なの。辛いときは、誰かに話を聞いてもらったり、誰かの話を聞くだけで楽になるものだから」

「……俺でも、先生の役に立ててるんですか？」

「当たり前でしょ」

僅かに顔を上げると、氷川先生はふにゃっと微笑む。

「――本当にありがと、霧島くん。君のおかげで明日からまた仕事も頑張れそうかな」

そう言って――

氷川先生はそのまますぴーっと寝てしまった。

……まったく、この先生は。取り敢えずブランケットでもかけてあげないと。

俺はブランケットを探しに、押し入れへと向かう。

でも、

「……俺でも先生の役に立てるのか」

再確認するように口にする。

特殊な経験なんてなくても、特殊なスキルなんてなくても――大人の助けになれる。

誰かに話すだけで、気分が楽になるなら——夏希の助けにだってなれるかもしれない。
それならば、俺は。
「……よしっ」
覚悟を決める。
俺は急いでブランケットを探すと、静かに寝息をたてている氷川先生にかけた。
それから、電話をかける。
相手は、もちろん夏希だった。

プルル、プルル——
自室で、電話の音が静かに鳴り響く。
その間、俺はテンションが高まってる——ことはなかった。
どっちかといえば、自分がしたことへの恐怖(きょうふ)で震(ふる)えていた。
だって、俺がしていることを冷静に考えてみろよ！
夏希の助けになるかもしれない？　そんなことで電話かけるか、普通!?
あのときは、なんか「それしかない！」みたいなノリだったけど、よく考えてみろよ！

俺なんてお呼びじゃないかもしれないんだぞ！　「え？　なんで電話かけてきたの、こいつ……？」ってなってもおかしくないんだぞ！

やばいやばいやばいやばい！　もう色々と手遅れだ。今切っても、着信履歴には絶対に残っちゃうし、誤魔化しようもない！

ああ、ほんと、なんで電話しちゃったんだよ！

この前、連絡先を知らなくて困った経験から、つい最近交換してしまったのが不味かった。ううっ、連絡先を知らないままなら、こんなことにならなかったのに……

そんな後悔をしていると、電話が繋がって。

『……も、もしもし？　霧島？　あんた、こんな夜遅くに急に電話をかけてきてどうしたの？　あまりにも意外すぎてびっくりしたんだけど』

「ああ、夏希。悪いけど、今、時間あるか？　ちょっと聞きたいことがあってさ」

『時間は……まあ、今は大丈夫だけど。ちょっと詰まってたところだし……で、霧島がわたしに聞きたいことってなに？　もちろん、答えられることなら教えるけど』

「いや、たいしたことじゃないんだけど――俺、なんで夏希に電話したんだと思う？」

『それ、普通電話相手に聞く!?』

電話越しに、夏希が全力で突っ込んできた。

『あんた、馬鹿にしてんのっ？　もしくは、またからかってきてんのっ？　あんたも知ってる通り、今、馬鹿話する時間なんてないんだけどっ。いいから、用件だけ言ってて』

「はぁ……あのなぁ、夏希？　それがわかってたら、こんなこと言ってないからな？」

『なんかその反応おかしくない!?　なんでわたしが物分かり悪い子みたいに扱われなきゃいけないの!?　あんた、やっぱわたしをからかうために電話したんでしょ！』

「確かに、そういう意図があったのかもしれないけど……なーんか、違うんだよなぁ」

『いや、別に、わたしは意見を出したわけじゃないからね。普通に、あんたを糾弾しただけだからね』

「なぁ、夏希。お前って多分だけどよく相談されてるよな。前にもそんなこと言ってたような気がするし」

『まあ、確かに人よりは相談を受ける回数は多いとは思うけど……』

「じゃあ、なんで俺が夏希に電話かけたか一緒に考えてくれないか？」

『そんな相談ってある!?　……ま、まあ、ちょうど詰まってて話し相手が欲しかったからいいんだけどさ……なんだかなぁ』

ぶつくさと言いながらも、なんだかんだ応じてくれる夏希。

こういうところは、本当に優しいやつだと思う。

もしくは、俺の馬鹿話に付き合うぐらい詰まっているのかもしれないけどな。

『で、なんで、あんたがわたしに電話したかだっけ？』

切り替えるようにそう言った後。

一転して、夏希はからかうような口調で言ってくる。

『もしかして、あんた、わたしの声が聞きたかったんじゃない？　夜遅くだから、寂しくなっちゃった？』

「いや、それはないわ」

『速攻で否定すんな！　な、なんかすっごい恥ずかしいんだけど！』

「っていうか、自分で『わたしの声が聞きたかったの？』とか言うって……」

『や、やめて！　その『なに言ってるの、お前？』感！　言ってから、わたしもこれはやっぱないなーって思ったんだから！』

「マジでなに言ってんの、お前？」

『だから、やめてって言ったでしょ！』

叫んで。

言葉にならない声で呻くと、夏希はぶっきらぼうな口調とともに言ってくる。

『じゃあ……じゃあ、もしかして……わたしを心配して電話してくれたの？』

「それ、は……」

『そう、なんだ』

俺は返答に迷って逡巡する。

しかし、その僅かな間隙で俺の内心を見透かしたように、夏希はそう言った。

『やっぱ、そうだったんだ。あんたから電話かけてくるなんて珍しいとは思ったんだけど……やっぱ、そっか』

「い、いや、俺は――」

『でも、わたしは大丈夫だから』

夏希は落ち着いた声音で、そう言い張った。

そして、それは俺に対する穏やかな拒絶でもあった。

『そういうのは大丈夫だから。霧島にはこの前にもう十分に助けてもらったし。だから、気にしなくていいよ。これ以上は迷惑かけられないし』

「別に、俺は迷惑だなんて――」

『迷惑でしょ。だって、確実にあんたの足を引っ張ってるじゃん。最近、あんた勉強頑張ってるみたいだしさ。中間テストだってきっちりやるつもりなんでしょ？　わたしなんかに時間使ってる暇なんてあるの？』

「それ、は……」

『だから、大丈夫。あんたは自分のことに集中して。これは、わたしの問題だから。わたしが自分で解決しなきゃいけない問題だから。それに、あんただって友達って言えるかどうかの距離感のわたしのために、自分の努力を台無しにしたくないでしょ？』

「それは……それは違ぇよ」

夏希が自虐めいた口調でそう言った瞬間。

はっきりとした口調で、俺はそれを否定した。

確かに、俺と夏希は友達とは言えないかもしれない。お互いのことをちゃんと知ったのだって、つい最近だ。

でも、俺は——それだけは否定しておきたかった。

「ああ、お前の言う通り、俺と夏希は微妙な距離感だよ。確かに友達とすら言えるかわかんねーよな。本来なら……こんな関係なら、出しゃばったりなんてしないいんだろうな」

俺はぎゅっと唇を噛む。

これから、恥ずかしいことを言おうとしている。その自覚はあったが、一度堰を切った想いは止めることはできなかった。

「でも——それでも、俺にとってはその程度の関係でも初めてだったんだよっ。夏希は高校に入ってから初めての友達かもしれないんだよっ。そんなやつが困ってるんだっ。それなら、たとえ俺の努力なんかが台無しになったとしても——そりゃ、何とかしてあげたいに決まってるだろうがっ。俺に何か出来るなら、友達なら助けたいと思うだろうがっ」

「霧、島……？」

「ああ、恥ずかしいこと言ってるのはわかってるよ！　ほんと、何言ってんだって感じだよな！　でも、恥ずかしいついでに全部言ってやる！　実はさ、俺、お前のことすげー尊敬してるんだよっ」

ずっと、心の奥に秘めていた想い。

俺は何かに突き動かされるように、それを口にする。

「もちろん、最初は尊敬なんてしてなかった。っていうか、ラノベ作家だったなんてびっくりしてそれどころじゃなかったしな。それで次は、その……正直に言うと、すげー色々と落ち込んだんだ」

『……そう、なんだ』

「ああ。だって、そうだろ？　夏希はクラスの中心にいるようなやつで、スポーツもできてさ。それだけじゃなくて勉強もできて——最後に、ラノベ作家だろ？　だから、なんつーか色々と不公平に思えてさ。だって、俺には」

──だって、俺には何にもないのに。

その言葉はぐっと飲み込む。

それから何とか行く先の見えない思考の糸を辿って、俺はゆっくりと喋る。

「とにかく、俺は落ち込んでさ。やっぱ、違うやつは違うんだなって思った。才能ってやつを持ってるやつは、やっぱいるんだなって思った」

『それ、は……』

「でも、違うんだよな」

俺は静かに言った。

「違う、違うんだ。夏希は才能とかそういうものを持ってるのかもしれないけど、だからって努力をしてないわけじゃないんだ。たかが才能程度で、夏希みたいな凄いやつになれるわけがないんだよな。最近、少しだけそれに似たことをやってたから、今の夏希みたいになるのがどれだけ難しいかやっとちょっとわかったんだ」

そう言って、俺は続ける。

「俺さ、前に『行きたい大学はない』って言ったかもしれないけど……本当のことを言えば、行きたい大学はあるんだ。俺の成績なんかじゃ全く届かないけど、憧れの女性が通ってた大学に俺も行きたいんだ。追いつきたい、隣に並んで立ちたい女性がいるんだ」

ちらっと、俺はリビングの方を見る。

彼女は未だに静かに寝息をたてて、机に突っ伏していた。

「だから、ここ最近勉強に真剣に向き合い始めてるんだけど……これが難しくてさ。やっぱ簡単に成績は伸びなくて……心も折れかけてて。だから、俺はずっと夢に向かって頑張ってる夏希を尊敬してるんだ。——でも、そんな凄いやつでも、やっぱり壁にはぶつかるんだよな」

言って、俺は学校での夏希の姿を思い浮かべる。

何もかも完璧にこなせそうなやつなのに、それでも苦しんでいた。

壁を越えようと、夏希は必死に足掻いていた。

「きっと、夏希は勝手に壁なんて越えちまうんだろうな。誰の助けだって本当はいらないんだろうな。でも、俺は間近で見てみたいんだ。すげーやつでも壁にぶつかって、けど、それを乗り越えていって。で、もっと凄くなったやつがもっとすげーことをやって。その一端にでも関われたら、俺のちっぽけな壁なんてたいしたもんじゃないと思えるようになると思う。俺が抱えてる壁なんて、諦めなんて、吹っ飛ばせるような気がしてるんだ」

だから、と、俺は続ける。

ようやく言いたかった言葉を口にする。

「──だから、マキナ・インフェルノ・ヘルブラッド先生。俺なんかでよかったら、手助けをさせてください。一人の友達として──あなたを尊敬する、一人の友達として手助けをさせてください。話を聞くだけでも、頭を整理するためだけでもいい。俺を使ってくれませんか」

ああ、こんな簡単なことを言うために拙い言葉を重ねてしまった。

だけど、必要なことだったと思う。

俺は俺のことでさえよくわからず、気持ちに踏ん切りがついてなかったのだから。

でも、やっぱそっか。

言葉にして、ようやく自分の気持ちがわかった。

俺は──やっぱり、あの女性に追い付きたいんだよな。

『前から、あんたのこと馬鹿だとは思ってたけど……霧島、実は相当な馬鹿でしょ』

しばしの間の後。

夏希は震える声でそう返してきた。

『何回もその名前で呼ぶなって言ってんのに。それに……わたしのどこをどう見たら、そんな格好いいやつに見えるんだか。一回、病院でちゃんと頭とか目を診てもらった方がいいんじゃない？』

「し、仕方ないだろ……俺にはそう見えたんだから」

『そう見えたって……わたしは霧島が思ってるような、そんな凄いやつじゃないよ。過大評価しすぎ。だって、わたしがやってることなんて努力のうちに入らないし。本当に努力してる人たちに比べれば、本当にちっぽけなものだし。才能なんてものもないし。毎回楽しんで書いてるけど、それ以上に泣きそうな感じでもやってるし』

それは独白だった。

夏希陽菜という少女が抱える不安の発露だった。

しかし、直後、小さく息を整えるような音を響かせると。

頼み込むように、夏希は言ってくる。

『でも、そんなださいわたしでも――霧島がいいと思ってくれるなら、ちょっとだけでも話を聞いてくれませんか？ 正直、今回は本当にヤバくって。だから……あんたに手助けしてもらってもいいかな』

「ああ、任せとけ」

それには、俺は了承の声を発した。

「……といっても、あんまり期待するなよ？ さっきも言ったように、俺、話を聞くぐらいしかできないぞ？ 前にも言った通り専門的なことなんて言えないからな？」

『ぷっ、なにそれ。あれだけ自信満々に言っておいて？』

「う、うるせえなぁ！」

ひ、必死だったんだから仕方ないだろうが！

口下手なんだから、これぐらい許して欲しい。

『……でも、ありがと。それで十分。それに……どっちかといえば、今日は霧島の話を聞きたいし』

「お、俺の話？　それって取材ってことか？」

『そう、霧島の好きな人の話が聞きたい』

「はぁ⁉　俺の好きな人の話⁉」

『あれ、霧島、好きな人いないの？』

「そ、それは……い、いるけど」

 っていうか、今も俺の後ろで気持ちよさそうに寝てるけど。

『じゃあ、その人のことを教えて。今、前にも言った通り高校生たちの青春ラブコメを書いてるんだけど……やっぱり、ちょっと何か違う気がして。一番大事な心の機微がだんだんとよくわからなくなってきちゃって……だから、霧島の経験を教えて欲しいの』

「そ、そういうことなら別にいいけど……」

でも、好きな人の話なんて恥ずかしすぎるだろ！　あー、くそっ。けど、これ最初に俺が言い始めたんだよな。俺が手助けしたいと思ったんだよな……。

それなら——これくらいのことはやってのけなきゃいけないか。

「よしっ、やってやろうじゃないか！　俺の好きな人の話だな！　一晩中でもやってやろうじゃねーか！」

「ありがと……じゃあ、まずはその二次元の女の子との出会いから教えて。何のコンテンツ？　もしかしてVチューバー？」

「ちゃんと現実の人の話だからな？」

そんな会話をしながらも、俺は氷川先生との出会いの話を始める。

そう、本屋さんの前で出会ったときのことを。

……もちろん、その好きな人が氷川先生ってわからないように頑張って話したけど。

◆◆◆

私は机に突っ伏して寝たふりをしながら、ずっと聞き耳を立てていた。

酔って寝ていたのは、本当のことだ。
しかし、ふと目が覚めたときには、霧島くんは誰かと電話していた。
何を話しているかわからない。
でも、チラッと覗き見ると、彼は楽しそうに話をしていて。
……それだけではなくて、所々『夏希』という言葉も聞こえてきていて。
霧島くんが誰と話しているかは、何となく想像がついた。
「…………」
ずきり、と心が痛む。
しかし、私はその胸の痛みに気づかないフリをした。
だって、それは私には許されないことなのだから。

◇◇◇

そうして、中間テストまでの日数が減ってきたなか――
俺と夏希の関係性は、確実に以前よりも変わっていっていた。
恋愛経験をボカしながら話すうちに、徐々に会話する頻度があがっていったからだ。

それから中間テストまでの日を、俺は慌ただしく過ごすことになった。

学校では、大学図書館などの人目につきにくい場所で、夏希と話したりしながら時々小説に意見をしたり。家では、氷川先生と一緒に勉強をしたり。それだけじゃなくて、一緒にアニメやゲームをして息抜きをしたり。

だが、そうした中で、もちろん問題もあった。

たとえば――


「では、中間テストの範囲には教科書の三十ページから三十五ページも入るのでしっかりと復習しておいてください」

教壇の上で、物理教師がそんなことを言ってくる。

それと同時に、授業が終わるが――俺は指定されたページを見て、思わず固まった。

え？ 俺、この範囲やったことないんだけど！ え、ここの範囲っていつやったんだ？

俺、最近授業をサボった覚えはないはずなのに。

……って、ああああああ！ もしかして、俺が家で倒れているときか⁉ そういえば、あのとき家でずっと寝てたから、一日分の授業出られてないんだっけ？

しまった、ここの範囲もしっかりと復習しとかないといけないのに！

最悪、この範囲の復習次第で大きく点数が変わることもあるかもしれない。

で、でも、どうする？　クラスメイトに聞くなんて無理だし、物理の先生に直接聞いてみるか？　けど、生徒のそんな要望に答えてくれるものか――

「霧島？」

と、そこで。

不意に声をかけられて俺が顔を上げると、夏希が目の前に立っていた。

ざわっと、周囲のクラスメイトたちの視線が一気に集められる。

そりゃそうだろう。

片や、学年一の美少女。対して、片や学年一の不良生徒と認識されている俺だ。その組み合わせは、あまりにも珍しすぎる。

……と思ったけど、ちょっとザワザワし過ぎじゃないか？

まるで、噂が本当だった瞬間を目撃してしまったかのような……うーん、よくわからないな。俺が知らないところで、なんか変な噂でもされてるんだろうけど。

「霧島、どうしたの？」

「い、いや、なんでもない……っていうか、夏希こそどうしたんだ？」

俺は囁くように言う。

だって、周囲が聞き耳を立ててるのがなんとなくわかるもんな。

まあ、その気持ちもわからなくもない。

これまで、夏希が教室で話しかけてくることなんてそれほどなかったわけだし。俺自身もびっくりだ。

俺が不思議そうにしていると、夏希は小声でいつもの口調で。

「ん。まあ、たいしたことじゃないんだけど……さっき物理の中間テストの範囲が発表されたでしょ？　で、よく考えたら、霧島この範囲をやってたとき教室にいなかったことを思い出して——だから、その……もしよかったらそのときのノートいる？　ほ、ほら、あんたには助けられたわけだし……」

「ま、マジで⁉　いいのか、夏希！」

俺は教室だということも忘れて、思わず大きな声を発してしまった。

「ありがとう、ありがとうございます……っ！　これで中間テストなんとかなるかもしれない……！」

「う、うん。霧島がそこまで嬉しがってくれるとこっちとしても良かったなって感じなんだけど……そ、その、霧島、みんな見てるからあんまり変な反応は、ね？」

「これからは、マキナ様って呼んだ方がいいか？」

「言っとくけど、そっちの名前だったら呼んでいいってわけじゃないからね！」

夏希は小声ながらも全力で拒否した。

……なんてことがあったりしながらも、俺たちは最後の一週間を駆け抜けた。

そして、最終日の夜。

明日から中間テストという中で、俺は自宅でそわそわしていた。

いや、だって、明日からのテストでこれまでやってきたことが駄目だったかどうか全部わかるんだぜ？　落ち着いて眠れるわけがない。

「あー、どうしよっかなぁ、やっぱ最後に英単語でも確認しといたほうがいいよなぁ」

などと呟いていると。

ぷにっ。

不意に、頬を突かれた。

隣を見ると、氷川先生が呆れた目をこちらに向けていた。

「それは駄目。霧島くん、今日はもうしっかり勉強はしてるでしょ？　疲れてるんだからここは休んでおかないと」

「でも――」

「でも、じゃありません。ほら、霧島くん、私と一緒にゲームしよ？」

ソファに座りながら、その隣をぽんぽんと叩いてくる氷川先生。

こう言われては、無視して勉強するわけにもいかない。

氷川先生がスイッチの電源を入れてスマブラを起動するのをぼんやりと見ながら、コントローラーを手に取ると、随分と久々にゲームをやることに気づいた。

氷川先生とちゃんと息抜きはしてたつもりだったんだけど……

「最近、霧島くんは根を詰めすぎだったから。やっと気づいた？」

俺の考えを見透かしたように言って、氷川先生は穏やかに微笑んだ。

「まあ、そのために私がいるんだけど。だから、この感覚はちゃんと覚えてほしいな。適度に好きなことしないと、色々と疲れて何もできなくなっちゃうから。……じゃ、霧島くん取り敢えず三戦ぐらいやったら寝よっか」

「いや、俺、もっとできますよ？」

「ん。じゃあ、三戦やっても、霧島くんが眠そうじゃなかったらね」

にっこりと温かく見守るような表情で言ってくる氷川先生。

おかしなことを言う先生である。

まだ二十二時ぐらいだし、早々に眠くなるはずがない。

……なんて思ってたんだけど。

「……あ、あれ？」

三戦経つ頃には、俺はほとんど目が開けられなくなってしまっていた。

瞼が重くて、眠気が襲ってくる。そのせいで、この三戦も散々だった。氷川先生にボコられっぱなしだ。

「じゃ、霧島くん寝よっか」

「い、いえ……俺は、まだできます……って。す、すみませんっ」

ふらふらとしていると急に力が入らなくなり、俺は氷川先生にもたれかかってしまった。

だが、氷川先生はそのまま俺の頭を抱えて。

「ん、全然いいよ。気にしないで……っていうか、ここで寝ればいいんじゃない？」

「い、いや、でもっ。さ、流石にそれはっ」

「いいからいいから」

俺は残った力で抵抗しようとするが、眠気のせいでどうにもならなかった。

氷川先生に抱き寄せられたまま、俺は彼女の膝に誘導される。

いわゆる膝枕の状態で、俺は氷川先生に頭を撫でられる。

「……ひ、氷川先生、その……恥ずかしいんですけど」

「恥ずかしくない恥ずかしくない。ほら、肩の力抜いて。緊張してるの？」

「そりゃまあ……き、緊張しないわけがないじゃないですか」

そう言ったものの、氷川先生に撫でられると自然に力が抜けていった。

最初こそ頭皮に細い指が這い回る感覚にくすぐったくなっていたが、強くなっていく眠気に夢うつつになっていった。

「……もしかして、明日の中間テストが怖いの？」

微睡んでいると、氷川先生はそっと囁いてきた。

「……なんで……そう思うんですか？」

「一番は勘だけど……最後の最後まで頑張ろうとしてたからかな。今までもそうだったけど、特に焦ってるように見えたから」

「そう、ですか……でも、その通り……なのかもしれないです。自分でもわかってなかったですけど……俺、怖いのかもしれません」

思考が停滞して、何も考えられない。

だから、俺は思うがままに喋り続ける。

「俺、何かのために頑張ったのが久々で……だから、明日からのテスト次第では、これまでやってきたことが、その……否定されるような気がして」

　だから、怖い。

もっと一生懸命にやっている人に失礼かもしれないが――部活とか真剣にやってる人は、

こんな感じなのかもしれない。

たった一試合に、たった一つの作品に『自分』を懸けるような感覚。

俺は、努力と言えるほどのことはしていないかもしれない。

でも、それでも、その感覚が怖くてたまらない。

良い結果が欲しいわけではない。だけど、せめて、これまでの時間は無駄ではなかったことを教えて欲しい。前に進んでいるのだということを教えて欲しい。

そうでもなければ――やってられないじゃないか。

　しかし、

「……別に結果なんて出なくてもいいんだよ？」

　氷川先生は俺の頭を撫でながら、静かに言った。

「結果が全てってわけじゃない。結果なんておまけみたいなものなんだから。大事なのは過程、君がここまで頑張ってきた過程なの。だって、たとえ、悪い結果だったとして霧島くんの中には何も残らないってわけじゃないでしょ。無駄だったってわけじゃないでしょ。その積み重ねは必ず今後に生きてくるから。この中間テストが最後ってわけでもないし。

だから、結果にこだわる必要はないんだよ？」

「そう、ですね……」

氷川先生は俺を励ましてくれている。

それはわかっていた。

だけど、それでも思うことがある。

それは、全てを経験してきたからこそ言える人たちの優しい言葉だ。

正しいんだろう。俺もいつしかそんなことを言えるようになるんだろう。たかが中間テストだ。たかが受験だ。人生単位で見れば、俺が抱える不安なんて矮小でたいしたことがないに決まっている。それは、頭では理解している。でも――

「――って言いたいんだけどね。私も子供だった頃、そう言われてあんまりピンと来なかったかなぁ」

「……えっ？」

俺が目を見開くと、氷川先生は小さく口元を緩めた。

「もちろん、そんな考え方もあるのはわかってるし、正しいんだと思う。私も大筋は賛成するし、別にその考えを否定したいわけじゃない。でも、もう少しだけ言うなら――私は結果にはこだわって欲しいかな」

「うん。結果は全てじゃないけど、結果以上に大事なものもないの。何故なら、結果以上に現状を表しているものはないから。結果が駄目だったなら、何かが駄目だったの。単純に時間が足りなかったか、やり方が悪かったか——もしくはそれ以外の何かなのか。それを探るには、君が全力で結果を取りにいかないと意味がない」

「結果にこだわる……？」

氷川先生はふっと微笑んで。

「だから、君には結果にこだわって欲しいかな。それで駄目だったなら、死ぬほど悔しがって、何が駄目だったのか分析して、また私と一緒に頑張っていこう？」

「私は君の先生だから、ずっとずっと君を見守っててあげるから——だから、私と一緒に何回でも挑戦していこう？　ね？」

「はい、氷川先生」

俺は頷いた。

気がつけば、先ほどまで感じていた恐怖なんかはすっかりと消えてなくなっていた。

氷川先生は子供をあやすように言う。

「だから、今日は寝とこうか。明日全力で頑張るためにね」

「……なんかそう言われると、上手く詭弁を弄された感じがあります」

そんな憎まれ口を叩きながらも——

「霧島くん、おやすみ」

氷川先生に頭を撫でられながら、俺はゆっくりと意識が眠りへと誘われたのを感じたのだった。


そうして、翌日。

ついに、中間テストが始まったのだった。


【中間テスト終了まで、残り四日】

第九章

そして、中間テストが終わった。

……い、いや、別に、中間テストの間、特に何もなかったわけじゃないよ？　なかったわけじゃないんだけど、なんつーか、気がついたら終わってたというか。

まあ、正確にはまだ終わってないんだけど。

中間テストは四日間行われる。今日はその最終日だ。

といっても、最終日は一教科のみ。他の日に比べればそんなに気負うことはない。終わったみたいなものっていう感覚は変わらないのだ。

俺は平常通りの時間に登校すると、自分の教室へと向かう。

すると、

「…………？」

教室に漂う妙な空気に、俺は眉をひそめた。

教室の中心では、夏希とクラスの中で一番目立っているグループが向かい合っていた。

険悪な雰囲気ってわけじゃない。

ただ、何となく歯車が微妙に噛み合っていないような——そんな空気。

まあ、多分だけど、軽い言い争いでもしたんだろ。

どっちにしろ、俺には関係ないし……って、あれ？

き、気のせいか？　なんか、みんな俺の方を見てないか？

え⁉　俺、何かしたっけ⁉　ここ最近、結構大人しくしていたつもりなんだけど⁉

「とにかくそういうことだからっ。忠告はありがとねー。でも、大丈夫。そんなことは一切ないからっ」

美男美女のグループに、笑顔でそんなことを言う夏希。

どうやら、その一言が決め手のようだった。

夏希たちがバラバラになって、各々の席につく。

それでも、クラス中からチラチラと何故か俺の方にも視線が向けられる……むぅ、まったくわからん。クラスでいったい何があったんだ？

「皆さん、席についてください」

氷川先生が教室に入ってきたことで、ようやくそれも終わるが、やっぱり最後まで何もわからなかった。

◆　◆　◆

中間テストが終わった。

だが、教師としての仕事はまだ終わらない。

採点の仕事が始まるからだ。むしろ、中間テストをやっているときの方が暇(ひま)だったくらいで職員室はどの先生も慌(あわ)ただしく動いていた。

特に、私が担当する国語などは記述問題がある。

採点者によって、記述問題の正否のラインが変わってはいけない。

それに、生徒によっては私たちが想定してなかった答えを書いてくることもある。

そういったこともあって、中間テストの終わってからの方が、小さな会議があったりしてバタバタしていた。

気がつけば、陽(ひ)は落ちかけて窓から差し込んでくる光は橙色(だいだいいろ)に染まっていた。

「……うん、休憩(きゅうけい)しよ」

午前中から今までぶっ続けで仕事をしている。適度に休みを挟(はさ)まないと効率が落ちるだろう。そう判断して、私は職員室から出て軽くストレッチしながら廊下(ろうか)を歩く。

今日は中間テストが一限目で終わったせいか、この時間帯に終わる部活が大半だった。

窓から覗けば、多くの生徒が帰宅している。

私は窓からそんな生徒の姿を見て微笑みながら、携帯を操作する。

すると、紗矢から連絡が来ていた。どうやら、来週、横浜に来る用事があるらしいから泊めて欲しいらしい。

それには、「いいよ。二十時ぐらいには帰るようにするから、それまで待ってて」と返して。

――と。

「…………あれ？」

校舎の中へと入っていく一組の男女の姿を見て、私は眉をひそめた。

だって、それはよく知っている子たちのように思えて。

「……霧島くんと……それに、あれは夏希さん？」

二人が仲良く並んで歩いている光景に、私は胸がじくりと痛んだ。

放課後。

誰もいない夕暮れの教室で、俺と夏希は机を挟んで向かい合っていた。

窓際の席だった。慶花高校のグラウンドが見下ろせるその場所で、夏希は前の席を逆向きに座ってこちらを向いていた。

夏希は缶ジュースを持ち上げると、少しだけ口元を緩ませて。

「じゃ、霧島。中間テスト、お疲れ様。乾杯」

「……俺、今日は早く家に帰りたかったんだけど」

「別にいいじゃん、これぐらい。お互いに頑張った記念にさ」

まあ、そう言われればそうかもしれないけどさ。

でも、今日で勉強合宿も終わるし、氷川先生のためになんか豪華な料理でも買って帰ったりとか、盛大に何かしようと思ってたんだけどなぁ……

ま、これが終わってからでもまだ間に合うか。

「じゃ、ちょっとだけな」

「ん、了解。——じゃ、乾杯」

「乾杯」

その掛け声に合わせて、俺たちはこつんと缶ジュースをぶつける。

そうして一口飲んでから、俺はずっと気になっていたことを訊ねる。

「で、ヘルブラッド先生。新作の方はどうなんだ？」

「そ、そっちの名前で呼ぶなって言ったでしょ！　まあ、あんたに言っても無駄っぽいからだんだんと諦めてるけどさ……」

そんな反応をしながらも、夏希は咳払いをすると教えてくれる。

「で、新作の方なんだけど……そっちは、おかげさまで無事に終わりました。これから細かい修正とかはあったりするんだけど……担当さんはあれで概ね大丈夫だって。っていうか、そうじゃないとこんなことしてないに決まってるでしょ？」

「まあ、そりゃそうだ。——取り敢えず、おめでと。お疲れ様、夏希」

「ありがと」

こんっ。

俺たちはまたもや缶をこつんとぶつける。

ぐびぐびとジュースを飲みながら、俺はついでに思い出したことを訊ねる。

「そういやさ、夏希」

「ん？　なに、霧島？」

「朝、教室ってなんか変な空気じゃなかったか？　何があったんだ？」

「あー」

明らかに思い当たる節があるように、夏希は声を漏らした。

ってか、まあ、こいつが原因だったっぽいしな。

そんなことを考えていると、夏希はチラッと俺の方を見てきて。

「んー、まあ、たいしたことないんだけどね。ちょっと友達と揉めたっていうか、擦れ違いがあったっていうか」

「ふーん」

「そ、その……霧島のことで」

「はっ？　お、俺？　なんで、俺が？　何にも関係ないだろ？」

だって、俺、あいつらと関係持ったことないんだぞ？

「まあ、友達は善意で言ってくれたんだけど……それが、ちょっとね」

「なんて言われたんだ？」

「霧島とあんまり仲良くしない方がいいって」

「あー」

何となく事情が氷解したような気がして、俺は納得した声を漏らした。

「ほら、霧島ってあんまりいい噂ないでしょ？　でも、最近、わたし、霧島と仲良くしてるからさ。だから、あんたと一緒にいない方がいいんじゃないかって」

「なるほどなぁ……」

「しかもさ、友達になんて言われたと思う？　『陽菜と霧島、噂では付き合ってることになってるよ』って言われたんだよ？」

「はぁ!?　マジで!?」

「うん、マジマジ。ほんと、そんなこと有り得ないのに面白いよね。なんでも、噂ではわたしが霧島に脅されて嫌々付き合ってることになってるらしいよ」

　実際は、逆だけどな。

　脅されたのは、俺の方だけどな。

　それにしても、わかんねーな。夏希と一緒にいることで、変な噂が出てくるのは覚悟していたが……まさか、脅して付き合うとは。発想が完全に同人誌じゃねーか。

「それで、その……それに対してはどう返答したんだ。もちろん、否定したんだよな？」

「まあね。だって、霧島、二次元に好きな人にいるもんね」

「だから、あの人はちゃんと現実にいるんだって」

「えー、本当？　あんたが言っているような可愛い年上のお姉さんなんて、実在するとか考えられないんだけど」

「まあ、それは概ね同意するけど」

結局、俺の好きな人のトークの内容は、夏希のなかでは妄想ということになってるらしい。だとしたら、相当イタいやつだろ俺。本当はちゃんといるどころか、俺の彼女なんだけどなぁ……もちろん、見せつけるわけにはいかないんだけどさ。

「でもさ、わたしは……付き合ってる、ってのが事実でもいいんだけどね」

「えっ？」

夏希の声は消え入るような囁き声だった。

だからか、俺は上手く聞き取れずに——聞こえてきたのは、勘違いだと思った。

だって「事実でもいい」なんて、夏希がそんな言葉を口にするわけがないのだから。

しかし、夏希はそっぽを向いて俺と視線を合わせようとすることはなかった。

代わりに、夏希は机に突っ伏して両腕に顔を半分ほど埋める。

窓から橙色の陽光が差し込み、教室中に染み渡る。

そのせいか、窓際にいる夏希の頬も赤く染まっているように思えた。

チラッと、夏希は上目遣いで俺を見てきて。

「霧島って良いやつだしさ。わたしの秘密知ってるしさ。ラノベを書いてるって言っても引かなかったしさ。それに……ちょっと怖いけど、よく見れば案外と顔も悪くないし。それから、この間のやつも嬉しかったし」

「……だから、わたしは事実でもいいんだけど？　その……霧島は、どう？」

夏希の声は震えていた。

よく見れば、彼女の手も微かにだが震えていた。

何とか声を振り絞ったが、それ以上の言葉は出てこなかった。

「俺、は……」

そもそも、何が起きたかすら理解できなかった。

だけど、時間に経つにつれて次第にようやく夏希の言葉が身体中に浸透していく。

俺の勘違いでなければ……その、俺は夏希に告白されたのだ。

でも……その告白には応えられない。

夏希は脅してくるようなやつではあるが――でも、イイやつだとも思う。尊敬しているし、凄いやつだと思う。見た目も含めて、凄く可愛いと思う。

けど、俺には誰よりも好きな彼女がいる。氷川先生がいる。

だから、この友達関係が壊れたとしても、俺は伝えないと。

夏希と付き合うつもりはないって。

そうした決意とともに、俺は真剣な視線で夏希を見つめ返すと口を開いて。

そして、次の瞬間。

「——なんて、ねっ。あははは、冗談だよ、霧島。嘘に決まってんじゃん。わたしがあんたに告白するわけないでしょ。あれ、もしかしてマジになっちゃった？　マジになっちゃった？　あんたがいつもからかってくるから、そのお返し。もし、本気にさせちゃってたらごめんね？」

「………………………………………………はい？」

たっぷりと固まった後に、俺は訝しげな声を漏らした。

え？　冗談？　さっきまでの一連の告白の流れが？　冗談だったのか？

え、えええええええええええええっ⁉　マジで⁉　そんなことってある⁉

こんなの洒落になってねーぞ！

ニヤニヤとした笑みとともに、夏希は俺の方を窺ってきながら言う。

「いやー、あんたってほんといいリアクションするよねっ。騙してたのは悪かったけど

「……でも、すっごくいい取材になったよ？　今度、ありがたく使わせてもらうから」

「やめろっ！　純粋にお前の作品を楽しめなくなるだろうが！　ってか、そういう取材はマジでやめろよ！」

これだから！　これだから、コミュ力高い陽キャラはほんと苦手なんだよ！

そういうことされたらマジだと思っちゃうだろうが！　くっ、あーあ、本当すっかり騙された……

ってか。

「お前……俺がすぐに頷いたらどうするつもりだったんだよ」

「そのときには、あんたと付き合うのもアリだったかもね」

「はいはい、冗談でもありがとよ。流石にそれぐらいは嘘だってわかるわ」

悪戯っぽく笑う夏希に、俺はぞんざいに返した。

あー、もう本当にどっと疲れた気がする。

俺はここ数分で凝り固まった肩を回しながら、何気なく校舎の廊下の方を見やって。

その瞬間。

「っ」

ガタッ、ダタッ！

廊下の方から、誰かが何か落とした音が響いてきた。

◆◆◆

「っ」

霧島くんに、見られた。

そう思った瞬間、私はその場にいられずに逃げ出してしまった。

最初は人気のない教室に向かう二人を見て、ちょっと嫌な予感がしたからだった。

何も起こるはずがない。そう思いながらも、私は気になって二人の後をこっそりと追ってしまっていた。

そこからは見ての通りだ。

夏希さんが、霧島くんに告白して。霧島くんが躊躇いの素振りを見せて。夏希さんが冗談だと言って。

霧島くんが、告白を受ける気はないのはわかっていた。

だけど、二人が仲良くしてる光景を見るだけで、私は全身を揺さぶられるほどの衝撃を受けてしまった。

だって、それは本来あるべき正しい姿で。

教師と生徒が付き合う姿よりも、ずっと正しいもので。

そして、それと同時に——頭に過ったある考えが、私を自己嫌悪の沼に追い詰めた。

「………私、最低だ」

本来であれば、それは私が絶対に持ってはいけない考え。

だが、その考えが頭にこびりついて離れなくて——

「あ、あのっ……氷川先生っ？」

ビクッ。

背後からかけられた声に、私はゆっくりと振り向いた。

そこにいたのは、霧島くんだった。

音を立ててしまったのが私だとわかって、教室からわざわざ追いかけてきてくれたのだろう。それと同時に、私は悟った。——この子は、私があそこにいて話を聞いていたことまで全部察しているのだ。

「あ、あの、誤解ですからね」

私と目が合うと、霧島くんは焦ったように言ってきた。

「俺と夏希は何にもありませんから。だって、俺が好きなのは――」

「うん、わかってるよ」

それに対して、私は霧島くんの声を遮るように言った。

そう、それはわかっている。

霧島くんは私のことを好きでいてくれて、それを疑っているわけではなかった。

「ご、ごめんね、なんか盗み聞きしちゃって……でも、ちゃんと何もなかったってわかってるから。君が私のことを好きでいてくれて、君と夏希さんが仲の良い友達とわかってるから。でも」

でも――と続けようとして、私はぐっと堪えるように唇を真一文字に結んだ。

それ以上は言ってはいけない。そう、残った理性が囁いていた。

だから、私は何とか微笑んで彼に言う。

「ごめんね、霧島くん。なんか変なこと言って。今、言ったことは、その……忘れて欲しいな」

「氷川先生……？」

「じゃ、じゃあ、私はもう行くね。霧島くんは気をつけて帰ってね。それじゃあ」

「い、いや、ちょっと待ってくださいっ！　す、すみません、氷川先生！　何か気に障っ
たなら謝りますから――」
「う、ううん、霧島くんは本当に何も悪くないから。そ、それだけは本当だからっ……で
も、私はまだ気持ちの整理がついてないから。だから、ちょっと一人にさせて」
それだけ言い残して、私は霧島くんに背を向ける。
そこまで言えば、霧島くんも追いかけてくることはなかった。
――違う。違うの。
私は内心で言った。
霧島くんは何も悪くない。悪いのは、全て私だ。
だって、私は、霧島くんと夏希さんが仲良くしている光景を見て嫉妬してしまったのだ
から。女友達と仲良くしている光景を見るぐらいならば――霧島くんは一人ぼっちのまま
でいればいいのに、などと思ってしまったのだから。
それは、教師である私が一番持ってはいけない考え。
クラスで孤立している生徒。そんな生徒に友達ができたのならば、私はそれを諸手を上
げて喜ばなければいけないはずなのに。
あろうことか、私は嫉妬してしまった。

霧島くんに友達なんてできなければいいのに、などと思ってしまった。

「……私、教師失格だ」

私は霧島くんの彼女だ。

だが、それと同時に、私は教師でもあって。

だというのに、そんな醜い考えが頭を埋め尽くしてしまう自分が許せなくて。

私は気持ちの整理がつかずに、逃げ場所を求めるように職員室へと戻っていった。


そして、その日は中間テストが終わる日だった。

つまり、それは、私たちの勉強合宿が終わる日でもあって。

霧島くんの家に自分の荷物を取りに行ったが、私はきっと上手く喋ることすらできていなかったと思う。

それから、私たちは微妙に何かがズレたまま日々を過ごしていって。

——気がつけば、一週間が経過していた。

第十章

「…………」

星が輝く夜空のもと。

私は、慶花高校からようやく退勤して帰宅していた。

時間は二十時。こんな時間帯だからか、生徒は誰一人として見かけなかった。私は街灯の青白い光によって照らされた道を歩きながら、物想いにふける。

あれから、一週間が経っていた。

霧島くんとは、一応、数日置きには二人きりで会っている。

だけれど、歯車が嚙み損なっている感覚は未だに残っていた。楽しく話していても、微妙に何かがズレているような感覚が。私はそれを必死に意識しないようにしていたが、心の中ではしこりのように残っていた。

原因はわかっている。私だ。

霧島くんは何も悪くない。私が、私の気持ちに整理をつけられていないからだ。

私が、生徒に嫉妬しなければいいだけの話なのだ。

でも、どれだけ考えても無理だ。霧島くんが他の女の子と仲良くしているのを見るだけで、胸の奥がずきりと痛む。

しかも、私は教師故に外から眺めていることしかできなくて。

まるで、生きている世界が違うようだった。

いや、実際、違うのだろう。

私が高校生の頃、先生との間には距離があるような気がしていた。私の先生はフレンドリーな人ではあったが、それでも、越えられない一線というものがあったと思う。先生には先生の世界があって、私たち生徒には私たちの世界があった。今は、それを逆の立場から見ているようだった。

私が通ってきた、そして今では不可侵の領域。

私はもうそこには戻れない。入れない。だけれど、私の大好きな人はそこにいて。

だから、外から眺めるしかなくて。どうしようもなくて。

「……どうすればいいんだろ、私」

ポツリと呟く。

それは、自分に対しての問いかけだった。答えなんて期待してなかった。

だが、

「……何がだ？　また、ＰＴＡにいじめられたりしたのか？」

「……え？」

いつの間にか自宅のマンションの前まで来ていたらしい。

顔を上げると、紗矢が立っていた。

人間っていうのは、慣れていく生き物らしい。

そんな当たり前のことを、俺は今更ながら自分の身で思い知った。

以前までは、氷川先生と二人きりになれていたのなんて一週間に一回ぐらいで御の字だった。氷川先生は多忙だったし、自分としてもそれで満足していた。

そのはずだったのに……氷川先生と一緒に住むようになってからは、三日すら経っていなくても寂しくなってしまう。

一緒に住んでいた頃は、当然、毎日のように顔を合わせていた。

楽しく会話をし、二人で過ごす時間が多かった。

氷川先生と合宿をしていたのなんて、俺が一人暮らしをしているよりも圧倒的に短い時間だ。だというのに、それに慣れてしまったせいで、失ったときには物凄い虚無感が襲ってくる。今はこの自宅がどうしようもなく広く感じてしまって、仕方ない。

「……いったい、どうすればよかったんだろうな」

自宅でゲームをやりながら、俺はポツリと呟く。

思い返すのは、あのときのことだ。

いったいどうすれば、俺は氷川先生に「俺と夏希が何でもないこと」を伝えられるのだろう。いったい、どうすれば「氷川先生が一番だ」ということを伝えられるのだろう。

しかし、どれだけ考えても答えは出なくて。

それでも、俺には行動するしかなくて。

モニターでは、俺が操作するキャラクターが敵にやられて倒れてしまっていたが、「CONTINUE」とデカデカと表示されていた。

◆　◆　◆

「ったく、酷えな、真白は。あたし、先週に今日お邪魔するって言ってただろ？　外でずっと待ってたんだぞ？」

「ご、ごめんね、紗矢。ちょっと色々あって」

「しかも、あたしにご飯つくらせるしさ。まー、最初からそのつもりだったし、好きだからいいんだけど」

「……それは本当にごめん」

紗矢は猫が刺繡されたエプロンをつけて、手際良くキッチンで動いていた。

本人に言ったら確実に怒られるが——紗矢は子供みたいな見た目をしている割に、かなり面倒見が良かったりする。それこそ、生活能力がほんの少し（ここ大事！）欠けている私はたくさんお世話になっている。

最近は、霧島くんに手伝ってもらっているが、それまでは紗矢によく掃除の手伝いなどをしてもらっていたりするぐらいだ。紗矢もそれをわかっているのか、家に来るときにはだいたい掃除をしてくれたりご飯をつくってくれる。

「さあ、食べようぜ」

紗矢は一通り作り終わったのか、テーブルに料理を次々と載せていく。

それから「いただきます」と両手を合わせて、私たちは料理に箸をつけた。

「……で、何があったんだ？」

美味しいご飯をお腹に入れて、落ち着いてきた頃。

紗矢は不意に訊ねてきた。

曖昧だったが、長年の付き合いで何を聞かれているかはわかった。

「……ちょっと、霧島くん関係で色々とあったの」

それから、私はここ最近あったことを話し続けた。

霧島くんに仲の良い女友達ができたこと。

その女の子に告白されている——最終的には冗談だったけれども——現場を目撃してしまったこと。

そして、そんな仲の良い光景を見て嫉妬してしまい、教師として失格だと思ったこと。

そんなことを、私はお酒を挟みながらつらつらと話した。

それを全て聞き終えて、紗矢は呆れた調子で言ってくる。

「あのなぁ、真白。一つ言っていいか？　——真白、面倒臭すぎるだろ」

「うっ」

「そもそも、なに、子供相手に嫉妬してんだよ」

「だ、だってぇ！　相手の子、可愛いんだもん！　スタイルだってよさそうだし……私よりもすっごく若いし」

「真白だって凄い武器持ってんだろ」

紗矢が私の胸を見ながら、そう言った。

「それ、使えば？」

「ど、どうやって⁉　っていうか、そういうのは、その……な、なしって決めてるの！」

「だから、霧島くんもそっちの子に流されちゃうんじゃねーの？」

「うっ……い、いやいやいや、ちょっと待って！　霧島くんは流されてないから！　勝手に事実を捏造しないで！」

「でも、これからはわかんないんだろ？　男子高校生なんてそういうことしか考えてないらしいし。真白がそれを使って、霧島くんを釘付けにすれば万事解決だと思うんだけどなぁ。っていうか、あたしはそういうのも含めて恋愛だと思うし」

「ううっ……」

紗矢は大人だった。

それに比べて、私は……ううっ、い、いや、それはやっぱりまだ早いと思う。そ、その……色々と怖かったりするし。

それに、

「……やっぱり、そういうことはなしって決めてるから」

別に、これは自分の感情だけで言っているわけではない。

そこは、その一線は、教師と生徒が付き合う以上、絶対に越えてはいけないところだと思っているから。

もし、バレたときに、その有無で色々と変わってくると思うから。

だから、私はそこだけは守りたかった。

お互いを守るという意味で。

「そっか」

それに対して、紗矢は何も言わなかった。

代わりに、缶ビールに口をつけて。

「……でも、どっちにしろ、これは真白の問題だ。真白が何とかするしかないと思うぞ？」

「……うん、そうだね。それはわかってるんだけど……」

だけど、答えが出てこない。

折り合いがつけられない。

私は霧島くんの彼女ではあるけれども、教師だから。

だから、生徒同士の付き合いに口を出せない。口を出すべきではない。間違っても、二人を引き離すような真似をしちゃいけない。嫉妬を見せて、霧島くんに友達との付き合いを考えさせるようなことをしてはいけない。でも、二人が仲良くしている光景を見てしまうと心が苦しくなって。嫉妬を見せそうになってしまって。

苦しい。

本当なら我儘を言いたい。でも、そんなの言っちゃいけないんだ。

だって、私は教師なんだから、──

「あのなぁ」

ぱちんと。

紗矢の小さな手が、私の頰を挟んだ。

ぐにゅぐにゅと頰を弄りながら、紗矢は真っ直ぐと私を見つめてくる。

「昔から、真白は難しく考えすぎんだよ。顔に出てんぞ。こっちの酒が不味くなるだろうが」

「ご、ごめん、紗矢……」

「どうせ、真白は彼氏くんに対して、我儘言っちゃいけないって思ってんだろうけど──そんなわけないだろ？　我儘言っていいに決まってんだろうが」

「で、でも、私は教師でっ」

「ったく、同棲するときにも、真白は『私は教師だから』とか言ってたから、何となく怪しいなとは思ってたけど──やっぱり、そんな風に考えてたか」

紗矢は小さく溜息をついて、私の方を見てくる。

「そう、真白の言う通り、真白は教師だ。そして、彼氏くんの彼女だろうが。でも、そこに優劣なんてないんじゃねーの？」

「……それ、は」

「同人業界にいると色んな話を聞くんだけどな。あたしの知り合いでこんな女性がいたよ。小学生の娘さんがいるお母さんで、エロ同人作家って人が」

不意に始まった話の真意がわからず、私が黙って聞いていると、紗矢は続ける。

「その知り合いの女性は迷ってた。話を聞くと、子供が大きくなってきて趣味を止めるかどうかっていうことでな。ま、そりゃそうだよな。エロ同人が教育上よろしいかって言われれば、肯定できるわけじゃねーしな」

もちろん、色んな意見はあるだろうけど——と付け加える紗矢。

私は訊ねる。

「その女性は……最終的にどうしたの？」

「どっちも取ってたよ」

紗矢はニカッと快活そうに笑った。

「もちろん、引くべき線は引いてたみたいだけどな。でも、その女性はお母さんかもしれないけど同人作家でもあったんだ。その女性は、そこには優劣はない——とまでは言わなかったけど、少なくとも自分の気持ちに嘘はついてなかったみたいだったぜ。少なくともやりたいことは、ちゃんとやってたように見えたぜ」

言うと、紗矢は私の瞳を真っ直ぐと見つめてきて。

「だからさ。何が言いたいかというと——真白は、彼女か教師のどっちかじゃなくて、彼女で教師なんだよ。そりゃ、仕事中は教師の仕事を優先しなきゃいけないだろうけど——でも、プライベートは違うだろ。残業手当も出ねーのに『教師』をやる理由もねーだろ。どっちにしろ、彼女で教師ならさ、どっちにも縛られるんじゃなくて、都合の良いように両方を使い分けようぜ」

「紗矢、流石にそれは無茶苦茶だと思うんだけど……」

「無茶苦茶でいいんだよ。そうやって、真白は理屈を捏ねなきゃ動けないんだからさ。それに、また真白の辛いを顔を見るぐらいなら、多少無茶苦茶でも楽しそうな顔を見てる方がずっといいからな」

そう言って、紗矢はにかっと笑う。

その姿は、私が大好きな親友そのもので。

「……紗矢、ありがとね」

「気にすんな。さあ、酒飲もうぜ。あたし、真白の家とかに来ないと酒も満足に飲めねーしさ」

「そうだね。紗矢、外でお酒を買おうとしたら止められちゃうもんね。身長とか、見た目的に……」

この親友、実はさっさと気兼ねなくお酒を飲みたかっただけじゃないんだろうか。

そんなことを思いながらも、私は紗矢に感謝して。

私の心の中には、もう迷いはなかった。

と。

そこで、紗矢が不自然なほどにっこりとした笑顔をつくって。

「ところで、真白。エッチなことは無理でも——彼氏くんが夢中になるようなこと、興味ないか？」

「ある」

私は即答した。

——今日の十六時に、私の家に来てもらってもいい？

氷川先生からそんなメッセージが来たのは、土曜日の午前中だった。

今は、十五時半。約束までの時間まであと三十分足らず。そんなときになって、俺は緊張していた。

まるで、四月の再現だった。

同じなのは、氷川先生の家に行くということ。

違うのは、俺が呼び出される側だということだ。

あのとき、氷川先生も同じように緊張していたのかもしれない。何を言われるかわからない以上、氷川先生に呼び出されるのは怖くて堪らなかった。

だが、不安なのはそれだけじゃない。

何故ならば、昨日の夜、こんな電話があったからだ。


『よっ、彼氏くん久しぶり』

もう夜も更けてきた頃——

俺のスマホへと電話をかけてきたのは、氷川先生の友達である紗矢さんだった。

『早速で悪いんだけどさ、彼氏くんにちょっと聞きたいことがあるんだけど』

「は、はい、なんでしょうか？」

珍しい人からの電話。

それに思わず、俺は身構えてしまうが――

『いやー、大したことじゃないんだけどさ。彼氏くんの好みが気になって』

「俺の好みですか？　食べ物とかなら特に好き嫌いはありませんけど……」

『んー、いや。そういうのじゃなくてさ。聞きたいのは女の子の好みなんだよな』

「お、女の子の好みですか？」

『そ。なあ、彼氏くんって女子高生と熟女ならどっちが好き？』

「究極の二択すぎるだろ！」

ちょ、ちょっと待った⁉

さ、紗矢さんはいったい何が聞きたいんだ⁉

だが、紗矢さんは相変わらず意図の読めないあっけらかんとした調子で。

『いや、彼氏くん身構えず答えて欲しいんだ。彼氏くんのありのままの好みが知りたいんだからな。で、彼氏くんはどっちが好き？』

「こんなん身構えるに決まってるじゃないですか！　え⁉　これ、何に使うんですか⁉」

『まあまあ、それは特に気にしないでさ。で、どっちが好きなんだ？』

「ま、まあ……その二択なら、女子高生ですけど……」

『つまり、年増はお呼びじゃないと？』

「あの、危険な発言するのやめてもらっていいですか？」

しかも、そこだけ切り取ると熟女よりも範囲が広がって聞こえるじゃねーか。

『そーかそーか。やっぱ、そうだよな。彼氏くんは若い子の方が好きだよなー』

「あの、どんどん発言が曲解されてないですか？　別にあくまでその二択なら、女子高生ってだけで——」

『つまり、見た目は若ければ若い方がいいってことで合ってるよな？』

「ちょ、ちょっと待ってください！　俺はなにもそんなことは——」

『そーかそーか、やっぱそうだよなー。じゃあ、そう伝えとくな。彼氏くん、突然悪かったな。またな』

「ちょ、ちょっと！　伝えるって誰にですか!?　さ、紗矢さん——って、切れた!?」


などといった電話があったのだ。

氷川先生の件とは関係ないだろうが、こっちもこっちで気になってしまう。……いったい何だったんだろうな、あれ？

「……って、もうこんな時間か」

時計を見ると、もう氷川先生との約束の時間だった。

俺は自宅を出ると、氷川先生が住むマンションまで行って先生の部屋のインターホンを押す。

すると、がちゃっと扉が開いて。

「いらっしゃい、霧島くん。さ、さあ、入って入って」

「………………………………………………………………」

俺は、絶句した。

俺を出迎えてくれたのは、もちろん氷川先生なんだけど……なんつーか、その格好が凄すぎて、絶句してしまうのも正直仕方ないっていうか……今でも、目の前の光景が信じられないっていうか……

だ、だってな？　信じられないかもしれないが……氷川先生、今、**体操服姿**なんだぜ？

上には「ましろ」と書かれたゼッケンが貼られているが……ふくよかな膨らみによって、文字が歪んでしまっている。正直、そういうプレイ用の服にしか見えない。

こんなの、アニメでしか見たことねーよ。

っていうか、これ、突っ込んでいいのか？　それとも、突っ込んじゃいけないのか？

いったい、どっちが正解なんだ？

しかし、流石に我慢できずに、俺は訊ねてしまう。

「あ、あの、氷川先生……？　そ、その、格好は……？」

「あ……こ、これ？」

俺が震えながらも指を持ち上げると、氷川先生は頰を赤くしてモジモジとしながら。

「こ、これはね……紗矢が『彼氏くんぐらい若い子は、若い子の服装の方が好きだから』

って言うから……だから、紗矢が用意してくれた高校の体操服を着てみたんだけど……」

「な、なんというか、それは人によるような気もするんですけど……」

「あと、紗矢が君に聞いたら、君も『若い方がいい』って言ってたって」

「紗矢さああああああああああああああああああああああああああああん！」

何言ってんだ、あのひと！　何言ってんだ、あのひと！

多分、昨日の電話のことなんだろうけど――流石に曲解しすぎだろ！　しかも、それもほとんど誘導尋問みたいになってただろうが！

絶っっ対、あのひとわざとやってる！　全部わかってて楽しんでるに決まってる！

ましろ

一方で、俺の反応を見て、氷川先生は顔を青ざめさせる。

「え？　も、もしかして、霧島くんこういうの嫌いだった……？」

「……い、いや、別に嫌いとかそういうのじゃないですけど」

「じゃあ、好きなの？」

「………」

それには、俺は思わず黙ってしまう。

な、なんというか、嫌いじゃないけど、それには即座に肯定できないっていうか……

そんな葛藤をしていると、氷川先生は頬を赤らめながらも目を細めて。

「そっか……やっぱり、君、こういうの好きなんだ」

「や、やっぱりってどういうことですか！」

「だ、だって、前に検索してたし……運動部の夏希さんとも仲良くしていたし……その、こういう運動用の服装が好きなのかなって」

「流石に違いますよ！　っていうか、あいつもそんなエッチな服は着てませんよ！」

「え、エッチって言わないで！　わ、私も何となくそうかなぁって思ってたけど頑張って着てるんだから！　だから、いい!?　これはエッチじゃないの!?　わかった!?」

いや、エッチだよ。

氷川先生がどれだけ言おうが、この服装はエッチだよ。体操服といえばエッチじゃないかもしれないが、色々とサイズが合ってなくて、ぱっつんぱっつんなんだぜ？　これをエッチと言わないで、何をエッチって言うんだよ。

「そ、それで……ど、どう？」

「どう、って」

「だ、だから、君の感想っ。き、君はどう思ったの？」

エロいと思いました。

とは流石に言うことはできない。かといって、気になるものは気になるし……ううっ、俺はこの状況をどうすればいいんだ？

そんなことを思いながらも、チラチラと視線を向けていると、氷川先生はぐっと拳を握って。

「う、うん、意外と気になってるみたいだし……こ、これは引き分けだよねっ」

「え？」

「な、なんでもないっ。……じゃ、話をしよっか。君を家に呼んだ理由なんだけど——」

「ちょ、ちょっと待ってくださいっ！　こ、このままやるんですか⁉　そ、それはちょっと精神衛生上悪いんで着替えてください！」

流石にそれは認めることができずに、俺は氷川先生を脱衣所に放り込んだ。

というわけで。

「こ、こほん……改めて、君を家に呼んだ理由なんだけど」

それから、十分後。

氷川先生が普通の服装に着替え終わるのを待った後、俺たちはカーペットの上に正座で向かい合っていた。

その宣言によって、俺の肩に自然と力が入った。

氷川先生の伝えたいこと。それによって、俺が用意してきたことが——何もかもが無に帰されてしまうかもしれない。

だから、俺は覚悟を決めると小さく息を吸い込んで。

その直後、氷川先生が顔を覗き込んで恐る恐る言ってくる。

「そ、その前に……その、霧島くんにはちょっと目を瞑って欲しいんだけど」

「め、目ですか？」

「うん」

真剣な表情で頷く氷川先生。

まあ、別に目を瞑るのはいいんだけど……えっ!?　お、俺、何されるんだ!?

目を瞑ってと言われて、真っ先に妄想してしまうのは……そ、その、キスだけど……でも、えっ!?　あれだけ駄目って言っていたのに、氷川先生、キスしてくれるのか!?

「あ、あの、霧島くん……駄目、かな？」

「駄目じゃないです！　全然いつでも大丈夫です！　さあ、いつでも来てください！」

ぎゅむっと即座に目を瞑る俺。

ああああああああああ、でも、急にキスってなると緊張する！

大丈夫か、俺!?　変な顔になったりしていないか!?　実はこれ傍から見れば相当キモいことになったりしてないよな!?

……。

………。

……………って、いつになったら来るんだろう？

ま、まだ、まだなのか？　氷川先生、何をしてるんだろう？

……こ、こっそりと目を開けてもいいかな？　これだけ待ってても来ないってことは、何かあったのかもしれないし。うん、ちょっと目を開けてみよう。

――そんなことを思いながら、俺はほんの少しで薄目で前を見る。

すると、氷川先生は何故かロープを構えていた。

「俺、本当に何をされるんですか⁉」

俺は全力で叫んだ。

「あっ⁉　き、霧島くんまだ目を開けちゃ駄目だよ！　じゅ、準備ができてないんだから！」

「準備ってなんですか⁉　まさか、そのロープみたいなの使うとか言いませんよね⁉」

「え？　場合によっては使うけど？」

「どんな場合⁉」

ヤバい！　なんかわからないけど、本能的な恐怖を感じる！　は、早く逃げないと！

しかし、正座していたせいで足が痺れて上手く立ち上がれない。

その間に、氷川先生に押し倒された。

氷川先生は俺の上に馬乗りになって片手にロープを持たまま、瞳に怪しい光を浮かべてにこぉっと微笑む。

「ほら、霧島くん。大人しくして？　痛くないから、すぐ終わるからね？」

「ぎゃー！　なんか怖いなんか怖い！　俺、何されるんですか！」

「あ、あんまり暴れないで。ほら、怖くない怖くない。天井のシミを数えてたら終わるから」

「それ、完全に襲う側の台詞じゃないですか！」

そんなことを言っている間にも、氷川先生は何かを持って近づいてくる。

俺は思わずぎゅっと目を瞑って。

――指に、何かが嵌められる感覚がした。

「…………え？」

思っていたのと違う感覚。

俺が恐る恐る目を開けると、最初に視界に映ったのはメジャーだった。

どうやら、俺がロープだと思っていたものはメジャーだったらしい。

そうして。

「………………指、輪」

そう、俺の手には綺麗な白銀の指輪が嵌められていた。

わけが――わけがわからない。

説明を求めるように視線をあげると、氷川先生は馬乗りになったまま口を開く。

「……最初に言うけどね、私、夏希さんに嫉妬してたの」

それは、静かな告白だった。

むすっと明らかに不機嫌な様子で、氷川先生はつんと唇を尖らせながら続ける。

「だって、君と楽しそうに高校生活を過ごしているし……でも、私は教師だからそこには関われなくて彼女に嫉妬してた。で、そんな光景を見るぐらいなら、君に友達ができなきゃいいのにとも思ってた。……最低だよね、教師失格だよね。教師なら絶対にそんなこと考えちゃ駄目なのに」

「氷川、先生……」

「でも……色々考えてみたけど、それが私みたい。教師としては霧島くんにはもっともっと仲良くして欲しい。夏希さんだけじゃなくて、小桜さんとか、もっと他の女の子とか、それ以外にもたくさんの男の子とも。でも、霧島くんと他の女の子が楽しそうにしているのを見るとこれからも絶対に嫉妬しちゃうと思う。霧島くんにその気がなくても、モヤモヤしちゃうと思う。だから――だから、私から、彼女の私から一つだけ君に我儘を言わせて」

「わ、我儘ですか？」

「うん」

氷川先生は頷くと、真剣な表情で。

「その……君にマーキングさせて欲しいの」

「えっ……」

それに対しては、俺は意味を理解できずに硬直してしまった。

だ、だって、マーキングってあれだよな……その、パッと浮かぶイメージとしては、犬が電柱とかにおしっこをかけたりするようなやつで……

俺は顔を青ざめさせながら言う。

「……え、えっと。す、すみません、一つ聞きたいんですけど……氷川先生、俺に、その……かけたいんですか？　も、もし、そうならまだ受け入れる自信がないんですけど……」

「ち、違うからね！　そ、そんなわけないでしょ！　どうしてそうなるの！」

「だ、だって！　氷川先生がマーキングとか言うから！」

「そ、そうだけどそうじゃなくて！　もぅ！　もぅ！　そ、それなら、こう言えばわかるでしょ！」

叫んで――

氷川先生は耳まで真っ赤にした状態で、これまでと違って子供みたいな我儘を全力で口にする。

「君は私の彼氏なの！　だから、誰にも渡したくないの！　でも——それでも、この先、君は女の子と一緒にいなきゃいけないことがあって！　けど、その度に不安になりたくないから！　だから、君にはこの指輪をつけてて欲しいの！　そうしたら——」

「——そうしたら、私は安心できるし……その、君はいつでも誰の彼氏か思い出せるでしょ……？」

最後の台詞は、囁くような声量だった。

氷川先生らしくない叫び声と我儘。それで力を使い果たしたように、氷川先生は俺に覆い被さってきて耳元で自信なさげに呟く。

「そ、そういうことなんだけど……駄目、かな？」

「駄目、じゃないです……」

それには、俺は囁き返して頷いた。

だが、それで終わりにさせなかった。

俺は氷川先生をぎゅっと抱きしめると、彼女の瞳を真正面から見つめ返す。

「ふぇ、えっ？　……きゅ、急にどうしたの？　霧島くん？」

「その……俺からも一つだけ言いたいことがあります。その、これだけは勘違いして欲しくないんですけど……俺の一番は、やっぱり氷川先生なんです」

「え……？」

氷川先生が大きく目を見開く。

そんな可愛い顔を見ながらも、俺は言葉を紡ぐ。

「なんというか……上手く言えないんですけど、夏希って実は氷川先生と似ているところがたくさんあって。あいつと多少かもしれませんけど仲良くできたのは、きっとちょっとだけ氷川先生と似ているからなんです」

表と裏があったり。実はオタクだったりとかな。

そんな裏事情は、氷川先生には説明できないけれど——

でも、俺が夏希と少しでも仲良く喋れたのは、僅かでも親近感を抱いてしまったからだと思う。

「だから、なんつーか夏希と仲良くできたのは氷川先生のおかげなんです。それだけじゃなくて、そもそも夏希と仲良くなるきっかけができたのも、氷川先生が『もっと他の人と仲良くしてみたら』ってアドバイスをくれたからで。つまり、俺に高校で初めての友達ができたのも、氷川先生がいたからで……それに、勉強とかもうちょっと頑張りたいって思ったのも、氷川先生のおかげで。だから——」

「——だから、全部全部、氷川先生のおかげなんです。氷川先生のおかげで夏希と出会えたんです。氷川先生のおかげで、俺は変わりたいって、頑張ろうと思えたんです。氷川先生が、一番大切で、一番大好きだから、俺はそう思えたんです」


「だから、やっぱり俺にとっての一番は氷川先生なんです」

俺がそう締め括ると、氷川先生は瞳を潤ませた。

だけれど、これで終わりじゃない。

いつか、木乃葉だって言ってたじゃないか。

気持ちの強さは、贈り物でもしないと伝わらないって。

だから、俺は服のポケットからそれを取り出すと、氷川先生の前に出して見せた。

「これ、は……？」

「俺の家の合鍵です」

微笑みながら言って、俺は氷川先生にその合鍵を握らせた。

「確かに、氷川先生の言う通りこれから女の子と喋る機会が増えるかもしれません。その度に不安にさせてしまうかもしれません」

「霧島、くん……？」

「でも、俺にとって氷川先生は特別なんです。誰よりも特別なんです。だから、受け取ってください。そして、いつでも俺の家に来てください。で、好きなときに今回の合宿みたいに泊まっていってください。それと、言っときますけど……俺から合鍵をあげるのは、家族を除けば氷川先生が初めてですから」

「うん、うん……」

頷（うなず）くと、氷川先生は合鍵を受け取った。

それを宝物のように抱きしめる氷川先生に、俺は付け加える。

「そ、それと……指輪は、氷川先生もつけてくださいね。その……心配なのは、俺もなんですから」

「うん、わかった」

氷川先生は微笑みながら、そう言って。

「……じゃ、じゃあ、君がつけて？」

氷川先生が言いながら差し出してきたのは、俺が告白するときにあげた指輪で――

「ずっとつけようと思ってたんだけど……なんかもったいなくて。でも、多分、つけるなら今だよね」

「はい」

俺は頷いて、指輪を受け取ると彼女の指につける。

それは、まるで結婚式のように――

ずっとずっと一緒だという誓いをたてているようだった。

エピローグ

中間テストが終わって、二週間が経過した。

本格的に夏が始まったのか、既に陽光はジリジリと照りつけ、慶花高校へと登校してくるだけで汗をびっしょりと掻いていた。

俺はクラス内の自分の机で、ノートを団扇がわりに扇ぐ。

そうしていると、不意にばしーんと肩を叩かれた。

「よっ、きーりしま！」

「……夏希か。朝から元気だな」

振り向くと、案の定、俺の後ろにいたのは夏希だった。

朝練をしてきたのだろう。大きなバッグを背負っており、全身の熱気を逃すように胸元を無防備にあけていた。

俺はなるべく見ないようにしながら、訊ねる。

「夏希は朝練か？」

「そうそう。中間テスト終わって、部活禁止期間も終わったからしっかりとやらないと。

身体も鈍っちゃうし……って」

そこで、ガラリと表情を変える。

表に対する裏の顔。作家モードだ。夏希は怪訝そうな顔をすると、本性の方の口調で訊ねてくる。

「あんたは……進路希望調査書を書いてるの？　なんで？　先月に出さなかったっけ？」

「今日までギリギリ変更オッケーなんだよ。だから、訂正して出そうと思ってたところ」

「これって別にあくまで希望だから、そんなにたいしたものじゃなかった気がするんだけど。どうせ、どこかで次もあるんだからそこで訂正すればいいのに」

「まあ、そうなんだけどな……なんつーか、意思表示みたいなもんだよ」

「そう」

夏希は微笑んだ。

「じゃ、そこが霧島の本当に行きたい大学なんだ」

「ああ」

頷いて、俺は進路希望調査書へと視線を落とす。

そこには、こう書いてあった。

――慶花大学進学希望、と。

そこは、俺なんかの学力では到底届かないけれども。

俺が、目指す——隣に立ちたい女性の母校だった。

「……って、あれ？」

と、そこで。

夏希は俺の首元につけられたアクセサリーを見て、首を捻る。

「その、ネックレスどうしたの？　あんた、そんなのつけてたっけ？」

「ああ、これか。これは……」

言いながら、俺は首元についているアクセサリーを指で弾く。

それは、白銀の指輪にチェーンがつけられたシンプルなもので。

「それでは、皆さん。席についてください」

そのとき、氷川先生が教室に入ってきた。

先生は今日もきっちりとブラウスのボタンを閉じて、スーツを身に纏っていた。

だが、俺は知っている。

服で隠れているが、その首元には俺と同じアクセサリーがつけられていることを。

「もう、時間です。早く座ってください」

氷川先生は俺の方を一瞥すらしない。

それでも、このアクセサリーをつけていると、見られているような錯覚に陥って。

……ああ、これは確かに効果がありそうだ。

「これは？　どうしたの？」

目の前で、夏希が不思議そうに首を傾げる。

それに対して、俺は困ったように微笑んで言う。

「これは、なんつーか……マーキングされたんだよ」

その返答には、夏希は相変わらず不思議そうにしていて。

視界の端では、氷川先生が小さく口元を緩めた気がしたのだった。

◆　◆　◆

職員室。

最近すっかり癖になってしまった動きで、私は首元につけられたアクセサリーを弄ってしまう。

それは、霧島くんがつけているのと同じように指輪に細いチェーンを通したものだった。

当初は、普通に指輪をつけようとしていた。

だが、流石に、生徒と先生が同じタイミングで指輪をつけたら何か勘繰られるかもしれない、ということでネックレスにして肌身離さず持っておくことにしたのだ。

「……え、えへへ」

それでも、アクセサリーを弄っていると、自然と口元が緩んでしまう。

だって、これ、霧島くんとお揃いだし……って、いけない！　ここ、職員室なのに！

仕事に戻らないと！

「ん、んんっ」

咳払いをして調子を整えると、私は目の前の資料へと視線を戻す。

ちょうど今日、中間テストの全ての結果が出たところだった。

私は一人一人チェックしていき、どの生徒がどれぐらい今回のテストができたのか把握していく。

そうして、それが霧島くんの行までやってきたとき——

「…………え？」

私は、思わず声を漏らした。

背筋がぞくりと震える。

確かに、私は勉強合宿を行った。

彼に成績を伸ばすためのアドバイスを行った。

でも、この順位って。

『霧島拓也・総合順位：百九十九位』

「霧島くん、頑張ったね」

私は小さく呟く。

それは……当初の目標である二百五十位を遥かに上回る――私が「霧島くんがギリギリ達成できない」と判断したラインを大きく超えた順位だった。

◇◇◇

放課後。自宅。

俺は中間テストが終わっても、氷川先生に教わったやり方で少しずつ勉強を進めていた。

俺には、勉強の才能はない。

人より理解が遅く、それ故に人より時間をかけないと人並みにすらできなかった。

中学生まではそれで通用した。でも、この高校に入ってから全く通用しなくなった。

何故なら、この高校には俺と同じぐらい勉強するやつなんてたくさんいたのだから。

だから、俺は諦めたのだと思う。

人間には「出来ること」と「出来ないこと」があるのだと思い知って。「出来ないこと」に時間を使うのは無駄だと判断して。

でも、氷川先生と付き合い始めて、少しだけ……ほんの少しだけ考えが変わった。

先生に格好悪いところを見せないためなら、俺は無駄な努力も出来る気がした。

どうせ、良いスコアなんて取れないだろうけど、マシな姿を見せるためなら頑張れた。

そして、

——じゃ、霧島くんが責任を取ってくれるの？

——それに……本当に心配したんだから。

俺は子供だ。

氷川先生とは対等じゃない、子供だ。

だから、付き合ってる今でも氷川先生の隣に立ててなくて。すぐに心配されてしまって。

でも、俺はそれを受け入れていた。

子供であることを受け入れて、仕方ないと思っていた……先月までは。

だけど、それは違った。

だって、俺と同じ子供なのに──ずっと、ずっと大人なやつがいたんだから。

俺なんかよりも未来を見つめ、夢に向かって頑張り続ける超すげーやつが同級生にいたんだから。

だから、俺は決めた。


俺は、大人になりたい。

一日でも早く大人になって──氷川先生の隣に立ちたい。

そっと覚悟を再確認するように、俺はノートの端っこに殴り書いた決意を見る。

そこには、こう書いてあった。


『氷川先生と対等になる』

それが、俺の目標だ。

エピローグ2

「氷川先生、お忙しい中すみません。少し、あなたとお話ししたくて」

教頭先生の専用室。

私は教頭先生に呼ばれて、この部屋にやってきていた。

教頭室には、私と教頭先生以外は誰もいない。それだけではなく、教頭先生はかつては厳しかった先生として有名だ。だからか、鋭い視線で見られれば、緊張しないわけがなかった。

「用件はたいしたことではありません。氷川先生、校長先生が近々代わるというのはご存知ですか？」

「はい。その、引き継ぎなどで校長先生は席を外していることが多いですから……ですが、それが私と何か関係あるのでしょうか？」

教頭先生にこの部屋に呼び出されることなんて滅多にない。

だから、私は身構えて訊ねたのだが……教頭先生は一見関係なさそうなことを口にした。

「実は、先日、私は新しい校長先生にお会いしました。校長先生としては若い方でしたが……とても、優秀な方でした」

「……そうですか。それは良いことだと思いますが」

「新任の校長先生は、氷川先生のことを案じておりました」

不意に、教頭先生は切り込んできた。

「また、ＰＴＡと揉めるかもしれないと。もちろん、あれは氷川先生の非ではないと私は思っております。しかし、新任の校長先生はそう思っておられないようです」

その教頭先生の声で、私の頭の中でここ最近の会話がフラッシュバックする。

——ＰＴＡの恐ろしさなんかは、真白が一番知ってるだろ？

——それに、また真白の辛いを顔を見るぐらいなら、多少無茶苦茶でも楽しそうな顔を見てる方がずっといいからな。

「氷川先生、気をつけてください。新しい校長先生は、そのようなトラブルを嫌っております。もしかすると、あなたにとって望ましい方ではないかもしれません。ちょっとした綻びでも、リスクと判断されれば切り捨てられる可能性があります」

言って、教頭先生は私を見つめてくる。

「私もサポートできるとは限りません。次、問題を起こせば――今度こそどのような処分が下されるかわかりません。最悪、停職処分ということも有り得ます。氷川先生、身の振り方には気をつけてください。わかりましたね？」

「はい、承知いたしました」

その声は、自分でも聞いたことがないぐらい固いものだった。

あとがき

少し前に、ファンタジア文庫のイベントで列に並んでたら、「あのサイン（私の）、下手糞すぎだろｗｗｗ」と言われてる場面に遭遇してしまいました。どうも、お久しぶりです。篠宮夕です。

サインの話に関しては、あとがきで書こうと思ったんですけど、担当編集さんには「暗すぎるのでやめてください」と指摘されてしまったので、またの機会ということで。

でも、まさか、列に並んでたら真後ろでそんなこと言われるとは思わなかったぜ。人生で、一番泣きそうになった瞬間かもしれません。皆さんも、もし、そういうことを言うときには気をつけてください。前で、顔を俯かせて泣きそうになっている人が、その方かもしれませんので……

そういうわけで！『氷川先生はオタク彼氏がほしい。２時間目』でした！　いかがでしたでしょうか！　少しでも楽しんでいただけたら作者としてはとても嬉しいです！

……べ、別に、サインの件を思い出して無理やりテンションをあげてるわけじゃないですよ？　豆腐メンタルなんでそこそこ引きずりましたが、今となっては良い思い出です。

と、まあ。サインの話はこの辺にしておくして。

本編にちょっと触れると、やっとチュートリアルが終わったのかなって感じです。本当はここ辺りまで一巻に入れたかったのですが……まあ、このあとがきのページ数などを見ていただければ察していただけると思います。ワタシ、ページ、モットホシイ。

欲しいと言えば、「氷川先生はオタク彼氏がほしい。」ってもう手に入れてんじゃんと思いましたが、心の担当編集が「細けぇことは気にすんな」と言ってる気がするので、気にしないことにします。クレームは、担当編集さんまでどうぞ。

では、謝辞を。

西沢5ミリ先生。今回も素敵なイラスト、誠にありがとうございます。いつもニヤニヤしながら、イラストを拝見させていただいています。どれも私の宝物です。

担当編集さんへ。面白さを天元突破させようとしてたら、危うく締め切りを天元突破させるところでした。本っっっっ当に、いつも申し訳ありません。まあ、いつかは締め切りがちゃんと守れる日が来ると思います。思ってます。そうだったら、いいなぁ……

そして何よりも、この作品を手に取ってくださった皆様に多大なる感謝を。

それでは、本作が皆様の頭の片隅に置いていただけることを祈って。

篠宮　夕

氷川先生はオタク彼氏がほしい。2時間目

令和2年2月20日　初版発行

著者——篠宮　夕

発行者——三坂泰二

発　行——株式会社KADOKAWA

〒102-8177

東京都千代田区富士見2-13-3

0570-002-301（ナビダイヤル）

印刷所——暁印刷

製本所——BBC

※定価はカバーに表示してあります。

●お問い合わせ

https://www.kadokawa.co.jp/（「お問い合わせ」へお進みください）

※内容によっては、お答えできない場合があります。

※サポートは日本国内のみとさせていただきます。

※Japanese text only

ISBN978-4-04-073312-8 C0193

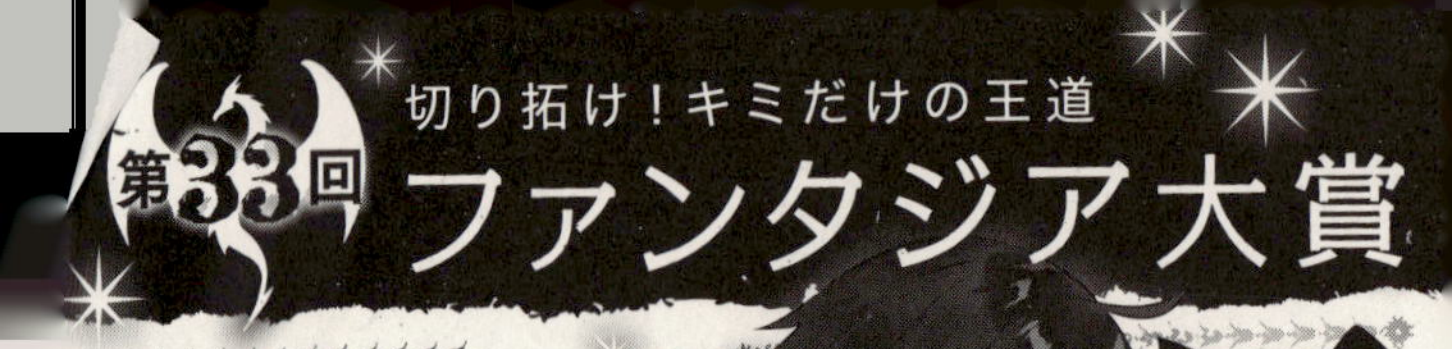

第33回
切り拓け！キミだけの王道
ファンタジア大賞